Matin Rouge
au Guilvinec

Nous remercions tout particulièrement les Editions YCA à Quimper pour leur participation (photo de couverture) et vous recommandons leurs magnifiques cartes postales.

Cet ouvrage de pure fiction n'a d'autre ambition que de distraire le lecteur. Les événements relatés ainsi que les propos, les sentiments et les comportements des divers protagonistes n'ont aucun lien, ni de près, ni de loin, avec la réalité, et ont été imaginés de toutes pièces pour les besoins de l'intrigue. Toute ressemblance avec des personnes ou des situations existant ou ayant existé serait pure coïncidence.

Aux Éditions Alain Bargain

Dans la collection

ENQUÊTES ET SUSPENSE :

Jean-Pierre Le Marc
- Matin rouge au Guilvinec
- Soirées noires à Penmarc'h
- Double vie à Loctudy
- Signes de sang à Lesconil

Françoise Le Mer
- Colin-maillard à Ouessant
- La Lame du Tarot
- Le faucheur du Menez-Hom
- L'oiseau noir de Plogonnec
- Blues Bigouden *à l'Île-Chevalier*
- Les santons de Granite rose
- Les Ombres de Morgat

Michèle Corfdir
- Le Crabe
- Mortel Hiver sur le Trieux
- Chasse à corps à Bréhat
- Larmes de fond ou le retour du crabe
- Vent contraire à Loguivy-de-la-Mer

Chaix d'Est-Ange
- La filière d'Arradon
- La petite dame de Locminé
- Ratissage dans le golfe
- L'Écluse de Malestroit
- Copie conforme à Larmor-Baden
- Les Truands de Saint-Goustan

Gisèle Guillo
- Dernier rendez-vous à Vannes
- Du Léman au Morbihan
- Tempête à Quiberon
- La Belle de Carnac
- Le Saigneur de Quimper

Annie Le Coz
- Les Maudits de Kérogan
- Plumes sèches à Beg-Meil

Anne-Soizic Loirat
- Lorient l'interdite

Martine Le Pensec
- Onde de choc sur Fermanville

Jean-Pierre Bathany
- Camaret au Vitriol

Firmin Le Bourhis
- La neige venait de l'Ouest *(épuisé)*
- Les Disparues de Quimperlé
- La Belle Scaëroise
- Étape à Plouay
- Lanterne rouge à Châteauneuf-du-Faou
- Coup de tabac à Morlaix
- Échec et tag à Clohars-Carnoët
- Peinture brûlante à Pontivy

Serge Le Gall
- La secte de l'Aven
- Sables mouvants à Bénodet
- La Douarneniste et le Commissaire
- Corps-mort à l'Île-de-Batz
- Traque noire à Audierne

Stéphane Jaffrézic
- Chili-Concarneau
- Ville bleue et beaux dégâts

Patrick Bent
- Erquy profite le crime
- Le macchabée du Val-André

Jean-Jacques Gourvenec
- Chasse au congre à Lannilis

Christophe Chaplais
- Pâté de Corbeau aux amandes amères
- Le calisson jusqu'à la lie
- Farz aux herbes de Portsall
- Addition salée au Croisic

Cédric Labb
- Les Démons du Midi
- Les Muses de Savoie

Philippe-Michel Dillies
- Meurtres à Monnaie
- Chasse à Tours

Jacques Caouder
- L'Occise des Landes
- L'Évadée de Brennilis
- Le Mort de Brest-Les Abers
- La Troménie noire

Aux Éditions Alain Bargain

Dans la collection
ENQUÊTES ET SUSPENSE :

Marie-Françoise Marchal
- Frissons en Morbihan

Philippe Lepeuple
- Samba ni loi en pays nantais
- Poulets de Brest *La mauvaise farce (épuisé)*

Jérôme Lucereau
- Anévrisme
- Chef-d'œuvre meurtrier à Lorient
- L'affaire Callac *(épuisé)*

Bruno Ségalotti
- Filouteries en Côtes-d'Armor
- La Phalange de l'Argoat
- Breizh Connection

René Le Clech
- Baston chez les voileux

Yves Horeau
- Une retraite pas très spirituelle

Luc Calvez
- Le fils du Tigre
- Les Graffeurs du Ponant

Michel Renouard
- La Java des voyous
- Les castrats de Bombay
- Requiem sur le campus
- Le bouillon de minuit
- La farine du Diable
- La Vénus de Malifeu

Jean-Luc Le Pache
- Bréhat-culpa *(épuisé)*

Jean-Christophe Pinpin
- Qui voit Groix voit sa croix
- Qui voit Sein voit sa fin
- Qui voit Ouessant voit son sang
- Qui voit Belle-Ile voit son île
- Qui voit Molène voit sa peine
- Toulouse au bout du siècle
- Traque à Hoëdic *(épuisé)*

Dans la collection ***POL'ART :***

Serge Le Gall
- Sombre dessein à Pont-Aven
- Meurtres du côté de chez Proust

Loïc Gourvennec
- Le râle du basson

Yves Horeau
- Monsieur Butterfly

Renée Bonneau
- Nature morte à Giverny *(épuisé)*
- Séquence fatale à Dinard *(épuisé)*
- Sanguine sur la Butte

Stéphane Jaffrézic
- Toiles de fond à Concarneau

Jean-Pierre LE MARC

Matin Rouge
au Guilvinec

Collection
ENQUÊTES & SUSPENSE

Quadri Signe - Éditions Alain Bargain
125, Vieille Route de Rosporden - 29000 Quimper
E-mail : editions.alain.bargain@wanadoo.fr
Site Internet : perso.wanadoo.fr/editions.bargain

A Laure.

I

Bretagne.
Le Guilvinec, un des ports du Pays Bigouden.

Lundi matin, 8 novembre, 7 heures. Le temps est maussade en ce *miz du* breton, ce « mois noir » que personne n'aime. Comme chaque année à cette période de transition entre les saisons, le crachin sévit sur l'Ouest. Bousculé par l'affrontement perpétuel que se livrent l'océan et la pointe de la Bretagne, l'automne marin a endossé ses couleurs de circonstance, un mélange d'ocre plombé de teintes grises où luisent les reflets minéraux de l'ardoise, *ar men glaz*, « la pierre bleue » accouchée des filons de schiste des Monts d'Arrée et des écailles éclatées des Montagnes Noires. La terre, la mer, se font une scène. Des bouleversements incongrus éliminent les couleurs, gomment le bleu, transforment l'océan en un vaste chaudron où se déchirent l'automne et l'hiver. Des nuages pesants, forgés aux enclumes des dieux celtes, menacent de s'écraser sur le monde. Amoncellements de plomb qu'une étrange magie suspendrait en l'air, ils parcourent le ciel tel un troupeau de chevaux métalliques, une horde lente chassant sous ses sabots des couleurs fuyantes, lisses, pesantes, insaisissables écoulements d'un mercure chargé de granite. Le ciel est une voûte, un assemblage de blocs d'univers unis par des clés étranges, qui parfois se brisent, libérant à merci des torrents d'eau ou des cascades de soleil. L'Armorique du bord de mer s'accommode bien de ces dosages fabuleux, de ces nuances fragiles, précieuses et lourdes à la fois, qu'elle seule sait mêler, comme les peintres d'autrefois préparaient leurs enluminures, liant savamment la terre à l'eau.

Les hommes, ici, vivent dans des ports, ces rustiques îlots de terre et de pierre que l'océan admet aux frontières de son empire, des villages posés sur le rivage, des réunions de maisons, des rues et des ruelles tracées au cœur d'une vie dédiée à la mer.

Ce matin-là, sur le port du Guilvinec, Anne-Marie Le Goff, une grande femme de quarante-neuf ans, dotée d'une certaine expérience de la vie mais nourrie comme tant d'autres au lait des légendes bretonnes, frissonne un peu quand grincent sur leurs gonds si souvent exposés au sel, les montants de la petite porte de service de l'arrière de la Smob, la Société des Marées Océanes Bretonnes, fondée et dirigée par Norbert Le Gall, un long bâtiment de la zone portuaire où elle travaille depuis si longtemps.

Dès sa plus tendre enfance Anne-Marie a été impressionnée par les évocations de l'Ankou, ce messager de la mort dont parlaient les vieux à la veillée. Les voix usées des anciens chuchotaient des récits effrayants déchirés de cris d'âmes égarées hurlant leur détresse la nuit entière. Projetées comme des fantômes sur les murs de chaux de la petite maison de pierre, le pen-ty, où luisait faiblement le crucifix de buis paré de sa branche de laurier, les flammes de la cheminée accouchaient d'ombres mouvantes, de formes fugitives nées d'étonnants sortilèges. Nourrissant la terreur qui broyait l'assistance, les conteurs crachaient dans l'âtre pour conjurer le mauvais sort. Les vieilles femmes se signaient. L'ombre de l'Ankou prenait possession de l'assemblée et les lambeaux de son suaire, son odeur fétide, semblaient couvrir la terre.

Mais le charretier des âmes est aussi un terrible marin. Son Bag noz, le « bateau de nuit », naviguant par d'épais brouillards, est un lugubre navire commandé par un sinistre capitaine, le premier mort de l'année. Personne n'a jamais vu l'embarcation, mais les navigateurs d'autrefois décrivaient le bâtiment comme une longue barque pontée gréée de voiles en lambeaux. Les marins montés aux haubans seraient d'épouvantables cadavres, aux gestes lents, aux yeux vides, portant chacun un corbeau sur l'épaule. Planté derrière le capitaine, un être effroyable à la peau parcheminée sorti du tombeau pour sa mission, se tient l'Ankou, armé de sa faux, qui préside à la manœuvre. Dans un silence glacial, rompu seulement par les grincements du gouvernail, le navire s'approche lentement du quai sans jamais y accoster. Des ombres, surgissant mystérieusement du néant, empruntent une passerelle tendue dans le vide. Le pont craque quelques instants sous leurs pieds décharnés, avant qu'elles ne disparaissent à jamais dans les cales, embarquant pour l'Eternité. Alors qu'une horrible odeur de charnier couvre celle du vent marin, la brume s'épaissit encore, dévorant le décor. Quand le temps s'éclaircit, l'air demeure lourd de senteurs putrides auxquelles se mêlent des exhalaisons de feu et de soufre. Les témoignages existent de marins qui, embarquant avant la fin de la nuit, ont, sans jamais le voir, senti le passage de l'Ankou.

« Il est venu cette nuit ! », disent-ils. Alors, les croyants se signent. Rares sont ceux qui haussent les épaules. Si le temps est à la brume, personne ne dort sur le chemin qui mène aux lieux de pêche. Dans les lambeaux de l'aube imprécise, certains affirment avoir vu fuir dans l'horizon brumeux une longue barque sans nom disparaissant aux premières lueurs du soleil. Malheur à qui croise le chemin de l'Ankou !

*

*   *

Si le poids de ses terreurs enfantines la marque à jamais, ce matin-là, le frisson d'Anne-Marie Le Goff est bref. Il y a quelques minutes elle a quitté sa maison de Léchiagat, une belle demeure néo-bretonne en pierres de taille, bâtie face à la mer, au 17 rue Amandine de Pen-Ar-But, au bord de la corniche, non loin de la rue des Quatre-Vents et de la rue de l'Océan. Aux beaux jours, Anne-Marie – au pas aussi énergique que son caractère – vient parfois à pied au travail, mais elle n'aime guère arpenter les rues par les matins sombres et pluvieux de l'automne. Alors, comme chaque jour depuis que le beau temps a doucement tiré sa révérence, elle parcourt le chemin en voiture. Le paysage lui est si familier qu'elle n'y prête jamais attention. Elle remarque à peine les premières lumières des hôtels du port où dorment encore paisiblement les touristes de la Toussaint.

Les façades défilent – qu'elle ne regarde pas- où des fenêtres s'allument déjà malgré l'heure matinale. On se lève tôt chez les marins. La croix verte de la pharmacie, visible de très loin, brille comme les étoiles de Saint-Exupéry quand, perdu dans la nuit où le plongeaient ses explorations célestes, l'aviateur se guidait sur les éclats salvateurs des astres.

Ici, l'alignement des habitations raconte une histoire, celle d'un port où chaque quartier est déjà un village en soi. Les générations de pêcheurs y ont ancré leurs attaches durant deux siècles, sacrifiant aux traditions, aux modes, ou au goût du temps, l'architecture de leur maison. Depuis quelques temps d'ailleurs, s'alliant avec la pierre taillée ou la blancheur éclatante des enduits inspirés de la chaux ancienne, plusieurs façades prenaient, avec bonheur, des couleurs d'Irlande. Nées d'un cousinage naturel entre la mer et le minéral, des tonalités lumineuses surgissaient un jour, comme autant de réponses aux peintures généralement chaudes et vives des coques des bateaux.

Le pont jeté en court arc de cercle entre le port de plaisance et l'arrière port symbolise l'histoire de la ville, celle qui unit ses chantiers navals à sa grande aventure maritime.

Un visiteur étranger aurait marqué un temps d'arrêt en découvrant au loin les formes insolites émergeant du terre-plein de carénage du *slip-way*.

Mais Anne-Marie, depuis bien des années, ne prête aucune attention aux silhouettes fantomatiques des navires en léthargie mécanique. Elle ignore le portique d'acier de l'énorme élévateur à bateaux, qui, sous l'éclairage au sodium des lampadaires, rappelle l'étonnant squelette d'un monstre onirique échoué sur les quais. Rien ne la surprend, rien ne l'effraie, puisque rien ne la concerne en ce monde, sinon cet endroit où elle se rend. Seul compte Norbert Le Gall, son œuvre, sa réussite.

*
* *

Comme chaque matin depuis plusieurs années, François Le Flohic, l'homme de confiance de Norbert, l'ami fidèle, est là, qui l'attend. Entre Anne-Marie et François le rite est quotidien car ils sont unis par l'habitude, par l'indéfectible amitié qui les soude au même homme. Comme un vieux couple, ils se sont forgé le masque d'une identité commune, créant leurs ressemblances, liant leurs différences. Leurs journées sont coulées dans le même moule, et rien ne vient jamais déranger l'organisation artificielle de cette vie étrangement consacrée à un autre homme. Si l'un d'entre eux arrive en avance, l'autre l'attend sous le porche. Très proches l'un de l'autre, on pourrait penser qu'ils vivent ensemble, que leurs vies sont communes ou qu'ils sont, comme ces éternels fiancés qui ne se sont jamais décidés, constatant, un jour, qu'il est trop tard pour tenter de vivre à deux. Célibataires, à jamais indépendants, ils mènent séparément leur existence sans jamais se rencontrer en dehors du travail. Un seul lien les unit : leur admiration pour Norbert Le Gall. Ils ne se posent guère de questions sur la vie, limitant leurs pérégrinations philosophiques aux problèmes quotidiens. Leur existence entière ne vaut que par Norbert et par ces tonnes de murs de béton qui les surplombent. Leur raison de vivre tient derrière cette façade, derrière ce décor de ciment mal éclairé et encore silencieux, gris comme le rideau d'un immense théâtre en relâche.

La porte de derrière de la Smob peut bien grincer un peu quand Le Flohic la pousse, Anne-Marie sait que l'Ankou n'aime guère ces bâtiments trop modernes pour sa guise. Et puis François est un homme solide et fort, avec lequel elle est en parfaite sécurité. Comme chaque matin ils se sont serré la main.

— Alors Anne-Marie, ça va ?

— Bien. Encore beaucoup de travail aujourd'hui. S'il n'y avait ce temps épouvantable...

Elle a en horreur cette pluie fine d'automne, ambassadrice d'un hiver précoce et humide.

— Norbert est déjà rentré, la porte n'était pas fermée à clé ! dit François, apparemment indifférent à la météo et aux sautes d'humeur des saisons.

— Sa « poule », la coiffeuse, est peut-être partie avec un autre ! crache Anne-Marie.

Elle, ou François peut-être, a appuyé sur le bouton où niche secrètement la luciole électrique de la minuterie. Après une longue volée de marches ils ont gagné l'étage, avant de franchir la double porte de chêne du couloir rappelant, en grosses lettres de cuivre, que là se trouve la « Direction générale », le domaine privé de Norbert et d'Anne-Marie. Au fond, le bureau de Le Gall est plongé dans l'obscurité.

— Norbert ? appelle-t-elle.

La chaleur dans le couloir est anormale, comme si les radiateurs avaient fonctionné durant tout le week-end. Anne-Marie s'étonne :

— Mais François, Norbert ne devait rentrer que dans la matinée… de Huelgoat… Il n'est pas là…

Anne-Marie allume dans le bureau et constate avec terreur qu'elle se trompe…

Norbert Le Gall est bien là, affalé dans son siège aux grands accoudoirs, la tête à demi emportée. Des débris de visage, de sang, de chair constellent le siège et les murs. Seul le large dossier a empêché le mareyeur de s'écrouler. Sa minichaîne hi-fi est pulvérisée. La sonde de chauffage central fixée au-dessus de la plinthe a explosé dans son logement, expliquant les délires de la chaudière.

Anne-Marie n'a pas senti que François Le Flohic la prenait aux épaules. Son regard halluciné ne pouvait se détacher du visage détruit de Le Gall qui semblait contempler une scène où, désormais, il n'était plus qu'un étranger. Durant un très court instant, Anne-Marie Le Goff a eu la sensation grotesque que Norbert lui faisait une farce et que la tragédie qui détruisait irrémédiablement son esprit allait s'arrêter. Il fallait maintenant qu'il se lève, qu'il se mette à rire et hurle : « Je t'ai fait une blague ! ».

Ses jambes déjà ne la portaient plus, et un mot lui envahissait la bouche comme une horrible bile :

— Cervelle, cervelle…

Elle perdit connaissance. Le Flohic la posa sur la moquette, attentif à ne rien toucher. Garée derrière l'usine, sur son parking privé, la splendide Porsche noire de Norbert Le Gall s'était couverte d'un linceul poisseux. Le crachin l'emprisonnait dans sa trame humide.

*

* *

Comme chacun ici, durant la semaine précédente, Anne-Marie avait fleuri les sépultures familiales et versé un flot de larmes sur son histoire, sur son passé. Dévastatrice comme un grand coup d'éponge, la vie avait, comme chez tant d'autres, balayé les existences de son père et de sa mère qui n'étaient plus que des noms gravés sur des morceaux de marbre biseautés, pages multiples d'un catalogue minéral exposé aux froidures de novembre. Dissous dans le temps, noyés dans l'espace infini qui, à la dernière seconde, sépare l'homme de son âme, ils vivaient ailleurs, dans un monde sans poids et sans mesure, là où l'esprit trouve enfin la paix. Mais Anne-Marie ne se posait pas la question de cette façon. Conditionnée depuis son enfance, elle conservait une foi naïve qui lui faisait imaginer un Dieu barbu installé au-dessus des nuages. Elle avait pieusement conservé au fond de son esprit les images d'Epinal d'un catéchisme rudimentaire, irréel, surréaliste, où le bon et le mauvais s'affrontaient à coups de fourches, de croyances et de damnations diverses. Marquée par les *taolennous*, les « tableaux de missions », ces images peintes longtemps prêchées dans les villages, l'Enfer était pour elle un immense chaudron volcanique ouvert sur des chaînes de souffrances. Là, pour l'Eternité, peinaient, se débattaient, accrochées à des crocs de bouchers, pendues par les pieds, brûlées sur des bûchers, les dépouilles sanglantes, démembrées, empalées, désarticulées et hurlantes des milliards de pécheurs égarés dans l'humanité en marche. Car la damnation, cette torture éternelle, guettait chacun : les joueurs de cartes, les musiciens, les femmes, les jeunes, les danseurs, les chanteurs, les hommes heureux de l'être et de ne devoir à la vie que le bonheur d'exister, les jeunes coquettes, les vieilles cocottes, les accordéonistes, les cracheurs de flammes, les saxophonistes, les propriétaires de salles de cinéma, les acteurs définitivement voués à Sodome et Gomorrhe, les buveurs de cidre, les joueurs de biniou, les joueurs de bombarde, les photographes, les maires, les peintres figuratifs... et les libres-penseurs ! Il n'existait aucune dérogation. Comme des milliers d'autres personnes, Anne-Marie Le Goff avait été marquée de cette empreinte, mais, les années aidant pourtant, l'influence religieuse desserrait son étau.

Encore mince, élégante, grande, blonde sans ostentation, Anne-Marie avait une belle allure. Une prestance qui seyait bien à sa profession de chef du personnel de la Smob et à son poste de numéro deux du groupe. Elle était, et elle le savait, le reflet de Norbert, sa main, sa voix. Sans la trouver jolie - son visage manquait de grâce - on reconnaissait toutefois qu'elle « avait un genre », un de ces styles que, dans la région, les autres femmes envient et critiquent à merci. La société matriarcale qui, depuis des générations, dirigeait le pays, avait toujours la langue leste et pourquoi pas - mauvaise. Certaines femmes faisaient ainsi parfois preuve d'une étonnante méchanceté, souvent inexplicable, qui tendait presque à un art de vivre le mal.

Alors, dans le Pays Bigouden, où la vie privée est une chose publique, les *conchennous*, ces commérages, ces cancans malfaisants dont la puissance destructrice croît en l'espace de quelques heures d'un seuil de maison à un autre, ces papotages malsains, malmenaient les réputations, détruisaient les certitudes, faisant courir les bruits et circuler les ragots les plus divers dans un bouillon de culture sans cesse enrichi de murmures et de chuchotements entendus. Des oreilles attentives les recueillaient, des esprits retors les distillaient, des langues acérées les colportaient, comme autant de nouvelles accrochées aux épines d'un redoutable réseau de barbelés. On faisait et on défaisait les réputations, et, en quelques jours, on accrochait au pilori de la rumeur les familles les plus honnêtes. Un mot, une phrase, une image, fournissaient aux imbéciles, aux hypocrites, en permanence à l'affût de nouvelles venimeuses à véhiculer et de vies à broyer, la matière première nourricière de leur méchanceté et de leur stupidité.

*

* *

Quelques jours auparavant, Norbert étant en déplacement d'affaires, Anne-Marie était venue, comme elle le faisait régulièrement avant de monter, inspecter les bureaux de l'entrée.

— L'interrupteur général, s'il te plaît François ? avait-elle demandé à Le Flohic. Chaque soir en effet, le dernier partant coupait l'alimentation électrique du hall d'accueil et des bureaux du rez-de-chaussée.

— Il n'y a pas de petites économies ! Et avec toutes ces jeunes secrétaires qui ne pensent qu'à leurs toilettes… ronchonnait régulièrement Anne-Marie.

Posant son imperméable humide sur le comptoir de verre de l'accueil - ce qui lui permettrait une réflexion injuste et désagréable à l'encontre de l'une des femmes de ménage - Anne-Marie Le Goff avait rapidement inspecté le hall d'accueil, le standard et les bureaux, pestant contre les tiroirs fermés à clé.

— Encore ! avait-elle ragé, secouant nerveusement la porte d'une armoire métallique. J'aimerais savoir ce « qu'elle » cache là ?

« Elle », c'était Valérie Gourlaouen, la responsable des standardistes et des secrétaires, une jeune femme d'une trentaine d'années, au regard trop clair et trop franc pour lui plaire. Leurs affrontements étaient réguliers. Chaque soir, sans tenir compte des remarques d'Anne-Marie, Valérie condamnait les serrures de ses armoires. Sans qu'elle n'y soit pour rien, elle était, et cela avait une énorme importance dans la région, la filleule d'Henri Le Guen, l'expert comptable commissaire aux comptes de l'entreprise, et s'était mariée avec le fils du propriétaire des Glacières Maritimes, un des associés de Norbert Le Gall. Jolie, aimable, bien diplômée, extrêmement compétente, intelligente, trilingue et bien payée, Valérie Gourlaouen avait, en quatre ans, imposé sa jeunesse et son dynamisme dans le service. Des rumeurs circulaient même depuis quelques mois, prétendant qu'elle pourrait faire un excellent chef du personnel. Certains affirmaient que la redoutable Anne-Marie chancellerait sur son piédestal. Ces bruits de coursive roulaient depuis que l'on évoquait des participations extérieures, notamment d'un important groupe financier privé. Il y avait six mois en effet, la filiale d'une multinationale s'était rapprochée de la Smob.

Contrairement à certains de ses confrères qui

avaient su préserver précieusement, jalousement, leur identité et leur patrimoine, Norbert ne possédait pas cette qualité qui fait les grands bâtisseurs. S'il avait un grand courage et un sens inné du commerce, le mareyeur demeurait pourtant plus un opportuniste qu'un véritable entrepreneur. Il lui manquait cette âme, cette trame indéfinissable tissée au sein d'une culture d'entreprise soigneusement acquise au fil des générations et qui fait la race des créateurs. Norbert était comme un de ces fruitiers sauvages, apparu un jour sous une saute de vent, capable d'envahir un jardin, mais qui se laisserait séduire par la moindre greffe. Confronté aujourd'hui à des problèmes classiques de développement, il avait dû recapitaliser et s'associer à quelques loups de la finance désireux de donner une autre dimension à l'entreprise. Sans heurts, sans audit officiel, des consultants spécialisés avait décortiqué le fonctionnement de la Smob.

— Vous avez toutes les qualités, mais également tous les défauts, d'une entreprise trop confinée dans ses habitudes. Vous êtes un spécialiste dans votre domaine, mais aujourd'hui vous devez évoluer pour nos intérêts communs... avaient asséné les consultants à Le Gall.

Ils avaient particulièrement insisté sur l'état déplorable des relations humaines et sur le rôle néfaste d'Anne-Marie Le Goff. Ce jour-là, pour la première fois, Henri Le Guen avait confirmé.

— Tu sais, Norbert, ça ne va plus très bien avec Anne-Marie.

Les consultants avaient enfoncé le clou :

— Madame Le Goff représente un problème majeur pour nos collaborations futures !

— On travaille ensemble depuis plus de vingt ans. Vous ne voulez tout de même pas que je la mette à la porte ? s'était renfrogné Le Gall.

— Sans aller jusque là, on peut envisager une autre solution, plus… adaptée. Mais madame Gourlaouen nous semble très efficace pour la remplacer.

— Oui, elle est bien… avait-il confirmé.

— Mieux que cela, monsieur Le Gall, elle est intelligente, efficace, compétente. Madame Le Goff n'est plus à sa place. Vous devez prendre une décision rapide. Notre groupe a une politique très précise à ce sujet.

Norbert ne s'attendait pas à un jugement aussi catégorique au sujet d'Anne-Marie. Bien que lucide, il vivait encore sur un passé qu'il estimait indestructible. Quelques phrases simples pourtant, la conviction de ses interlocuteurs, avaient suffi à installer un immense doute dans son esprit.

Très sensible aux regards extérieurs, il trouvait là une confirmation à ce que lui avait dit, sans acrimonie, son amie de cœur, Sylvie Le Dantec, coiffeuse à Concarneau, qu'Anne-Marie, avec mépris, appelait « la poule de Norbert ». Divorcée et mère de

Caroline, une fille de quinze ans, Sylvie Le Dantec était une femme franche et claire, que la vie n'avait pas ménagée.

Un jour où il ne le lui demandait pas, Sylvie lui avait donné son avis :

— Anne-Marie Le Goff est une personne épouvantable. Personne ne peut s'entendre avec elle. C'est une garce. Je plains ton personnel.

Pour toute réponse Norbert s'était contenté d'une de ses grimaces habituelles, et personne n'avait su dire s'il approuvait ou désapprouvait.

*

*   *

Alors, témoin impassible et silencieux, les mains dans les poches de son caban de marin, François Le Flohic, comme souvent, avait regardé Anne-Marie s'acharner sur les tiroirs fermés à clé. Il n'ignorait rien des explications, sinon des algarades, qu'elle avait eues avec Valérie à ce sujet.

— Il n'y a pas de secrets dans l'entreprise ma chérie, plaidait hypocritement Anne-Marie, évoquant les tiroirs sous clé.

Elle se heurtait à des réponses catégoriques :

— Il y en a ! J'ai la responsabilité de ce service, je l'assume. Si je pouvais mettre tous ces dossiers dans un coffre chaque soir, je le ferais ! répliquait la jeune femme avec fermeté.

— Oui, bien sûr ma chérie, tu as certainement raison. Je disais ça, pour t'aider.

— Merci. Je m'organise très bien toute seule.

A défaut de pouvoir lui arracher les yeux, contenant sa colère, Anne-Marie semait alors la panique dans les bureaux de l'étage, terrorisant à merci les employées qu'elle avait en grippe.

Quelques semaines auparavant, elle avait pourtant cru tenir sa revanche.

Un petit événement familial avait bouleversé la vie de Valérie Gourlaouen. Son mari, économiste et ingénieur en agroalimentaire, qui n'avait pas suivi les traces d'entrepreneur de son père, avait été victime d'un licenciement brutal à la suite du dépôt de bilan d'une grosse unité industrielle de la région. S'emparant de l'événement avec cette étonnante malignité, vorace comme une tumeur, qui la poussait au dénigrement, Anne-Marie avait immédiatement sonné de la trompe.

— Vous l'avez vu celui-là, avec tous ses diplômes, ça ne l'a pas empêché… Au chômage, vous vous rendez compte… Il a bonne mine.

Deux mois plus tard cependant, le mari de Valérie avait créé son propre cabinet d'études économiques. Une création qui avait fait rager Anne-Marie. A la jeune femme, elle avait doucereusement proposé :

— Tu sais ma chérie, peut-être qu'on peut… si tu veux qu'on t'aide…

— Non, merci. Nous n'avons besoin de rien. Tout va très bien.

Ces luttes à fleuret moucheté, dont elle sortait systématiquement vaincue, minaient et détruisaient lentement Anne-Marie.

*

*   *

Mais ces rancœurs, ces désespoirs immenses qu'elle ruminait depuis plusieurs mois et qu'elle portait comme une croix, Anne-Marie les oubliait chaque matin en franchissant le seuil de l'entreprise. Gavée d'illusions et malgré les doutes qui la dévoraient, elle voulait croire encore que rien n'avait changé. Et pourtant !

Le vendredi 5 novembre, vers 19 heures 30, avant de s'en aller, comme chaque soir depuis des années, elle avait salué Norbert, interrompant volontairement sa conversation téléphonique privée, dont des bribes, accompagnées de musique, parvenaient à son bureau depuis plusieurs minutes. Elle ne pouvait supporter une seconde de plus cette musique qu'il écoutait chaque soir sur la minichaîne que lui avait offerte Caroline, la fille de Sylvie Le Dantec :

— Tu vas écouter du classique. Ça te délassera après le travail, avait assuré la coiffeuse.

Norbert avait fait la moue, sans vraiment oser refuser. Aujourd'hui, il admettait volontiers que la musique lui plaisait.

— Je n'y connaissais rien avant, mais c'est vraiment très chouette.

Alors, chaque soir, la journée achevée, il glissait un CD dans l'appareil. Depuis quelque temps il lui arrivait même de fredonner quelques passages qui l'avaient marqué.

— Tu sais Anne-Marie, la musique, c'est bien ! C'est grâce à Sylvie.

Elle évitait de répondre, abordant rapidement un autre sujet.

— Norbert... écouter de la musique classique ! On aura tout vu ! C'est sa « poule », cette cinglée, qui le rend fou... crachait-elle rageusement en aparté à Le Flohic, oubliant que la méchanceté la rendait vulgaire.

Mais François haussait les épaules, sans répondre.

Alors, le vendredi soir, le désespoir au cœur, Anne-Marie était entrée dans le bureau de Norbert, occupé au téléphone. Il devait, ce week-end-là, participer à une chasse à la bécasse et retrouver d'autres fusils dans un refuge, un vieux moulin isolé, au cœur de la forêt de Huelgoat. A son retour, le dimanche soir, il avait prévu de rejoindre chez elle Sylvie Le Dantec qui déteste la chasse, et de ne rentrer à la Smob qu'en milieu de matinée du lundi. Ce projet, dont il parlait depuis plusieurs jours, avait désespéré

Anne-Marie. Mi-agacé, mi-gêné, Le Gall avait cessé sa conversation téléphonique :

— Oui, tu accompagnes Caroline à sa compétition de tennis à Lorient dimanche après-midi et je te retrouve… attends une seconde ma chérie… J'ai quelqu'un qui… Ah, c'est toi Anne-Marie… Je pensais que tu étais partie. Je… je pars pour Huelgoat tout à l'heure… la chasse… j'espère que le temps… C'est… Sylvie… Alors je suis…bon… Tu t'en vas ?

Norbert semblait embarrassé comme un enfant pris en faute. Mais Anne-Marie, jamais sans doute autant qu'à ce moment, n'avait autant ressenti l'impression d'être aussi étrangère pour lui. Elle pouvait partir, disparaître, brûler vive, se consumer dans de l'essence enflammée, s'évaporer, se désintégrer, se dissoudre dans le napalm… Norbert s'en désintéressait totalement !

— Oui, pourquoi… tu… tu… voulais me voir ?… si tu veux… je peux… je peux rester un peu… avait-elle bafouillé.

— Non, non, je disais ça simplement… comme ça… Au contraire… Rentre chez toi. Alors, bonsoir Anne-Marie. Bon week-end. Amuse-toi bien.

— Amuse-toi bien. Amuse-toi bien…

Les mots de Norbert la déchiraient. Il n'avait donc pas compris que sans lui elle n'était rien ! Hésitant entre la fureur et les larmes, écrasée de peine et de déception, chancelante, elle s'était entendue dire :

— Ah... bien, alors bonsoir... Bonsoir Norbert.

— Oui, c'est ça, bonsoir...

Et, sans pudeur, il avait repris la ligne :

— Tu es toujours là ma chérie ?... Non, non, ce n'était qu'Anne-Marie... Alors dimanche soir chez toi... vers 22 heures ou 23 heures... Oui, je sais bien que c'est tard, mais tu sais, les chasseurs... comme tu ne travailles pas lundi...

Anne-Marie était sortie du bureau comme dans un mauvais rêve. Le monde s'écroulait autour d'elle. Les mots de Norbert, comme autant de déchirures, la hanteraient toute la nuit :

— Pardonne-moi ! Pardonne-moi ! Ma chérie, ma chérie... Ce n'était qu'Anne-Marie... Ce n'était qu'Anne-Marie... Ce n'était qu'Anne-Marie...

L'écho de ses paroles, les preuves de sa trahison la poursuivraient pour le restant de ses jours. Le chagrin, la jalousie, la dévoraient. A peine avait-elle salué François Le Flohic, qui, comme chaque soir avant de s'en aller, effectuait une dernière inspection des installations.

— Tu t'en vas Anne-Marie ? s'était-il étonné. J'en ai pour un quart d'heure et on rentre ensemble.

— Non, non. Ce soir je ne peux pas. C'est... c'est l'anniversaire de ma nièce. J'ai promis de ne pas être en retard... avait-elle menti effrontément sans oser avouer combien, depuis quelques minutes, elle avait le cœur en peine.

François avait hoché la tête. Tout à l'heure, les dernières portes fermées, les lumières des ateliers éteintes, lui aussi rentrerait chez lui, après avoir fait, comme d'habitude, un point rapide de la journée avec Norbert.

— Comme tu veux. Remarque, ce soir à la télévision, il y a *Thalassa* . Un reportage sur la pêche au mulet en Mauritanie. J'ai fait un séjour là-bas, il y a des années. Pas question de rater ça. Je ne manque jamais une émission.

*

*   *

Quelques instants plus tard, alors que la tempête annoncée se levait et faisait claquer des bardages disjoints, la pluie et les larmes se mêlant sur son visage, laissant Le Flohic à ses derniers contrôles, Anne-Marie Le Goff n'était plus qu'une ombre parmi les ombres, une forme écrasée de douleur livrée aux caprices de la vie. Les rafales de vent ronflaient avec force en s'engouffrant le long des infrastructures du port. Des plaques de tôle cognaient bruyamment contre les murs. Sur les quais, pratiquement abandonnés dès le vendredi soir, les derniers chauffeurs de camionnettes se hâtaient de regagner leur foyer. Plus haut, dans les rues noyées d'une première averse, quelques rares feux de voitures remontaient vers le bourg. Anne-Marie Le Goff n'était plus désormais qu'un fantôme en imperméable errant dans la nuit. Ses doigts tremblaient lorsqu'elle parvint enfin à glisser la clé dans la serrure de sa voiture.

*

* *

Alors, elle avait passé un week-end épouvantable. Mais, ce lundi matin 8 novembre pourtant, après avoir ravalé ses larmes et sa rancune, Anne-Marie avait presque tout oublié. Dans une heure elle serait la maîtresse des lieux, la reine du bal, celle qui règne sur ces centaines de tonnes de béton nées du génie de Norbert et du dévouement de ses amis. Elle s'était d'ailleurs promise d'avoir un entretien avec Norbert, de lui rappeler leur histoire commune, ce ciment indestructible qui les unissait depuis si longtemps. Ils en avaient tant fait tous les deux que rien d'autre n'avait d'importance que ce poids économique, cette masse de travail érigée en monument, ce défi au destin que nul ne pouvait abattre. Car Norbert était indestructible, il l'avait mille fois prouvé.

Et puis, ce matin d'automne était pour elle un événement, un anniversaire sans pareil ! Il y avait de nombreuses années en effet qu'elle travaillait avec Norbert et elle se souvenait avec une émotion sans partage de ce matin d'automne, où, en jupette à carreaux, répondant à une banale annonce de la presse locale « Recherche aide-comptable... », elle était entrée dans le hangar à peine cimenté qui servait alors d'atelier. En plein travail, les mains dans la tripaille de poisson, Norbert l'avait à peine regardée :

— Vous... tu connais la comptabilité ?

— J'ai appris chez les sœurs, à l'école des Carmes à Pont-l'Abbé.

— Mets-toi dans le bureau. Tu verras, tous les papiers sont là.

Bureau ! Un réduit sombre, une pièce minable, humide et encombrée qui sentait la marée. Elle avait rangé des chemises et des dossiers, classé des factures, tapé un courrier sur la vieille machine à écrire Hermès.

— Tu sais bien taper à la machine, avait apprécié Le Gall.

— Je prends aussi en sténo.

Il ne connaissait que de nom ces hiéroglyphes aussi incompréhensibles pour le commun des mortels que l'écriture grecque, hébraïque ou moldo-slovaque :

— C'est bien. Je t'embauche. Le comptable vient cet après-midi, tu verras tout ça avec lui. Il te dira pour ta paye et t'expliquera ce qu'il y a à faire... avait-il simplement commenté.

Avec Norbert la vie était toujours aussi simple : il aimait ou n'aimait pas les gens qu'il rencontrait. Ce qui devait marcher marchait. Le reste était pour lui sans intérêt.

Alors, il y avait si longtemps déjà qu'Anne-Marie et Norbert formaient ce couple inséparable ! Longtemps, longtemps… le temps d'une vie.

II

Un peu rustique mais excellent policier, le capitaine de police Arthur Blanchard, quarante-six ans, était déjà de la génération des anciens, des vieux, des futurs dinosaures de la profession, de ceux qui, il y a vingt ans à peine, avaient connu la machine à écrire mécanique Hermès, le ruban carbone noir et rouge, les stencils et le chariot à avertisseur sonore digne de celui d'une bicyclette. En quelques années, et bien que la Police ne figura pas à l'époque parmi les administrations les plus favorisées en équipement informatique, le monde avait changé, emportant Arthur Blanchard dans la tourmente. Chez le policier, les habitudes étaient de vieux boulons rouillés durs à dévisser, alors qu'il s'émerveillait toujours devant le fonctionnement magique d'une carte de crédit, il avait eu un mal fou à se mettre à l'ordinateur. Car il n'aimait pas ces machines silencieuses aux lettres insaisissables, ces reflets luminescents, ces pastilles colorées électroniques qui semblaient agir et penser pour lui.

Petit plutôt que moyen de taille, avec une grosse

moustache grise accrochée sous un nez en pied de marmite, il portait fièrement un bedon rond bien nourri, celui d'un homme honnête, d'un bon vivant aux besoins simples.

— Un bon vivant fera toujours un bon mort... alors qu'un mauvais vivant... déclamait-il en philosophe autodidacte et réaliste.

Outre leur métier, deux points communs liaient Arthur Blanchard et sa collègue le lieutenant de police Sarah Christmas : le premier, leur taille, moyenne pour un homme, idéale pour une femme, et, le second, une véritable passion pour la photo. Bien que, sur ce dernier point, ils eussent quelques sérieuses divergences de caractère philosophique ! Blanchard ne plaidait que pour le matériel ancien, les vieux « cailloux » polis des boîtiers de légende, alors que Sarah se passionnait pour les mécaniques électroniques les plus sophistiquées. Elle qui manipulait l'informatique avec autant d'aisance qu'on recharge un stylo à encre, rêvait d'ailleurs tout haut devant les nouvelles générations d'appareils numériques, des merveilles technologiques qui allaient bientôt révolutionner toutes les certitudes sur lesquelles s'appuyaient encore tant de millions d'hommes. Arthur, prosaïque et un tantinet rétrograde dès lors qu'il se sentait dépassé, commentait tout cela avec un certain simplisme.

— C'est normal que tu ne puisses pas comprendre, tu es un homme préhistorique. Avec toi on en serait encore aux photos sur plaques de granite !

Plaisantant donc, ravie et de franche mauvaise foi, Sarah, 27 ans, une belle jeune femme aux yeux verts, aux cheveux châtains coupés courts, était entrée dans la police aussitôt après son Deug de droit. Son nom de famille, d'origine britannique, venait tout droit de la région de Plymouth. En 1968, son grand-père, Abraham Christmas, grossiste en légumes en Cornouailles anglaise, accompagné de son fils Jeremy, était venu traiter un marché de choux-fleurs à Saint-Pol-de-Léon, chez Sezny Caroff, un exploitant agricole de la « ceinture dorée ». Sezny avait une fille, Gwenn. Un banal coup de foudre avait fait le reste et, depuis, Jeremy Christmas, britanno-franco-anglais, cultivait le chou-fleur à Saint-Pol-de-Léon.

Sarah, qui était fine et musclée, possédait le corps aux mouvements déliés d'une danseuse. Sa démarche souple, sinon féline, révélait une qualité tonique et physique propre aux sportifs rapides et entraînés. Ce qu'elle était indéniablement. Dès l'âge de douze ans en effet, Sarah s'était initiée au karaté sous l'égide d'une ceinture noire locale, avant de développer des qualités qui auraient pu en faire une grande championne. Après une finale de Championnat de France à la célèbre salle Pierre de Coubertin à Paris, à 17 ans, et un stage au Japon, elle avait, sagement, choisi de poursuivre ses études pour entrer dans la police. Si ses collègues proches savaient qu'elle était ceinture noire troisième dan, ils n'imaginaient guère que, sans qu'ils ne voient s'amorcer le mouvement, elle aurait pu leur faire claquer sur le visage un *mawashi geri*, un de ces superbes coups de pieds circulaires popularisés par Bruce Lee. Ou alors leur poser à un centimètre du bout du nez, à titre de démonstration, un *yoko geri*, ce spectaculaire chassé de côté souvent utilisé sur les affiches des salles d'arts martiaux. Très adroite au tir également, Sarah limitait cependant ses actions à ses entraînements, souhaitant bien ne jamais avoir à s'en servir.

Arthur et Sarah furent donc principalement chargés de l'enquête sur le meurtre de Le Gall. Comme toutes les affaires criminelles, celle-ci mettait en œuvre une solide équipe d'enquêteurs. On ne traitait pas un crime comme une amende fiscale pour stationnement interdit. Aussitôt découverte en effet, l'affaire criminelle, déclenchait une procédure de flagrant délit placée sous l'autorité du procureur de la République. Celui-ci prenait la responsabilité de l'enquête, avant que, par commission rogatoire*, il n'ouvre une information, subdéléguant les actes d'instruction du dossier à un juge du Tribunal de Grande Instance.

*

* *

*Du latin *rogatus* : interrogé.

L'arrivée des voitures de police sur le terre-plein du port avait alerté le voisinage. Les marins en retraite, toujours tôt levés, les premiers employés arrivant au travail, avaient rapidement compris que l'on ne déplaçait pas tant de monde pour un simple cambriolage.

La méthode était, hélas, largement éprouvée par les enquêteurs, qui mettaient rapidement en place le périmètre de sécurité, interdisant l'accès au bâtiment, prenaient les mesures conservatoires de préservation des traces et des indices. Les lieux étaient « gelés » et les policiers remontaient le temps pour tenter de reconstituer, méthodiquement, le scénario de l'affaire. La méthode était apparemment simple, mais elle était la base d'un travail de fourmi : recherche immédiate d'indices, fouille des environs, reconstitution de l'emploi du temps de la victime, recherche systématique de renseignements, enquête de voisinage... L'expérience aidant, les enquêteurs savaient qu'une personne, aussi discrète, secrète ou solitaire fut-elle, se crée inévitablement des habitudes. La moindre modification, même banale dans un emploi du temps, pouvait se révéler riche d'enseignements. Mais, à moins d'un miracle, d'une chance extraordinaire, les enquêtes étaient souvent longues et complexes.

Celle-ci ne devait pas échapper à la règle. Norbert Le Gall, cet homme à la personnalité très affirmée, s'était attiré, sinon des haines farouches, du moins de copieuses inimitiés. Tout restait possible dans cet environnement complexe : crime crapuleux, explosion de folie, règlement de compte par « contrat » et truand interposé...

*

* *

— On l'a tiré à bout portant ! avait commenté Arthur Blanchard en pénétrant dans le bureau.

Sarah et lui s'y attendaient bien sûr, mais le spectacle du mareyeur transformé en poupée sanglante était hallucinant. Comment pouvait-on imaginer que tout ce qui avait fait Le Gall, son enfance, sa jeunesse, ses qualités, ses défauts, se résumait dorénavant à cette sinistre dépouille. Le génie humain en matière de malfaisance, avait franchi tous les stades. Le couteau, le fusil, le revolver, la corde, l'eau, le feu, le marteau, la faucille, le poison, la politique, le bûcher des religieux... Tout ce que l'humanité avait pu inventer durant ses siècles de course vers l'éternité, avait, un jour ou l'autre, été employé pour tuer d'autres humains. Bien que blindé par les années de métier, dont une dizaine au cœur des grandes cités, Arthur Blanchard n'avait jamais pu s'habituer à tout ce que l'homme utilisait dans son génie, ou dans sa folie pour détruire ou s'autodétruire. Sarah Christmas avait eu un haut-le-cœur.

— C'est horrible ! avait-elle fait en lui saisissant le bras.

Elle avait déjà vu des cadavres, mais le même choc la secouait à chaque fois.

— Ça ira, petite ? demanda Arthur.

— Ça ira, grand. Oui, ça ira.

Arthur sourit. « Grand », « petite »... c'était leur échange habituel dans ce genre de circonstance, quand l'ombre de la mort enveloppait ainsi les tragédies.

Le premier constat fut rapide : Le Gall avait reçu une charge de chevrotine, vraisemblablement tirée à deux mètres - la zone de dispersion l'indiquant - par un fusil à canon scié. Pour tragiquement spectaculaire qu'elle fut, la décharge de fusil était-elle la cause de la mort ? Rien, en l'état actuel ne permettait de l'affirmer. L'histoire criminelle était, hélas, riche de faits où la ou les victimes n'avaient pas succombé à la cause apparente du décès. Seule l'autopsie pratiquée à l'hôpital de la Cavale Blanche à Brest le dirait.

Arthur indiqua à Sarah l'étui de CD posé sur le bureau : *Concerto pour une voix* de Saint-Preux.

— Une réédition d'un disque 33 tours des années soixante-dix. Il venait sans doute de l'installer dans le lecteur, dit-il.

La voix de Danièle Liccardi, l'interprète du morceau, était peut-être la dernière que Norbert eut entendue avant son embarquement tragique pour l'éternité.

L'équipe des techniciens de l'Identité judiciaire arriva à ce moment précis. Les lieux leur appartenaient désormais. Ils étaient les spécialistes de la preuve scientifique, des hommes et des femmes d'une très haute compétence, capables de prouesses techniques inimaginables il y a seulement 20 ans. Si, comme leurs anciens, ils relevaient les empreintes visibles, ils savaient également découvrir l'empreinte latente, invisible à l'œil nu. Leur domaine d'étude était aussi vaste que celui des possibilités de la science moderne : recherche de gènes, ces mots étranges composant l'Acide Desoxyribo Nucléique, le fameux ADN, comparaisons d'écritures manuscrites et étude des traces de foulage au détecteur électrostatique, identification, étude du fonctionnement et des caractéristiques balistiques des armes et munitions, recherche de véhicules à partir de débris de feux et d'optiques, identification de pneumatiques, analyses comparatives concernant les verres, fibres, cheveux… n'étaient qu'un petit échantillonnage des possibilités scientifiques en matière criminelle.

*

* *

La Smob possédait un hall aux couleurs étonnantes. Tout ici était d'un modernisme éclatant car Norbert Le Gall savait que l'évolution technologique et la nouveauté étaient ses alliées. Sur les marchés internationaux où la lutte était constante et où il se battait comme un beau diable, on ne faisait guère de sentiments. Les grands flux commerciaux des contrats internationaux se traitaient à plusieurs milliers de kilomètres, au Chili, en Argentine, en Asie, en Afrique, aux USA... La Smob, qu'il avait fondée, n'était d'ailleurs qu'une des nombreuses entreprises de Norbert Le Gall. Il en contrôlait plusieurs dans la région, dont certaines rachetées à des confrères en difficulté. La réussite de Norbert était exemplaire et, ne parlait-on pas d'une « Le Gall Street » au port de pêche de Lorient, là où, sur une rangée de bâtiments, flottait sa marque. Il avait récemment acquis des parts majoritaires dans une compagnie d'armement maritime de Concarneau, et, disait-on, était-ce la vérité, il envisageait de reprendre, aux portes de l'Espagne, un gros chantier naval de Bayonne !

Sarah et Arthur furent donc stupéfaits par le décor du hall d'accueil de la Smob, tant son modernisme océanique rappelait les maisons sous la mer qu'imaginèrent, en leur temps, Jules Verne et Cousteau. Le monde du silence convenait bien à l'ambiance : une large coupole jaune d'or, en étonnant couvercle, emprisonnait un standard percé d'épais hublots translucides baignés de lumière bleue. Un aquarium d'eau de mer de trois mètres occupait la longueur d'un mur. Dans cet océan en miniature, des espèces aux écailles chatoyantes, des poissons épais et lourds aux lèvres vertes, bariolés comme des prostituées sur le déclin, frôlaient, en autant de provocations mortelles la peau souple des congres. Impassibles, laides comme des souteneurs nécrophages, semblables à de dangereux boas gris, ces horribles créatures s'embusquaient, aux aguets dans les laminaires. Leurs yeux de tueurs fixement ouverts, traîtres, cruels, les congres guettaient la faiblesse de ceux qu'ils allaient tuer. Une roussette, au corps rugueux et au regard atone, cognait son museau de squale contre la vitre épaisse. Comme un poisson aveugle, elle semblait se laisser porter par le vide où elle flottait, noyée dans cet océan blindé de plaques de verre où se promenait son étrange regard d'assassin. Des crustacés, des crabes, des crevettes, des animaux marins de toutes les espèces peuplaient et nourrissaient, sans le savoir, ce monde en réduction. Comme il aimait à le dire, Norbert Le Gall avait « mis le paquet » dans la décoration du hall. Des tableaux du peintre bigouden Patrick Camus, magicien des formes et des lumières, illuminaient l'entrée. Ses couleurs éclataient sur les murs en teintes modelées, précieuses, aussi riches de technique que de vérité. Les références de Norbert en matière artistique étaient pourtant extrêmement limitées, lui qui, devant la plus belle des toiles se contentait de dire :

— Ouais ! C'est au poil.

Anne-Marie Le Goff, d'ailleurs, n'aimait pas ce hall. Elle avait vertement reproché à Norbert de s'être laissé trop rapidement convaincre par cette décoratrice rencontrée à Paris l'année précédente, une de ces filles venues d'une autre civilisation, celle des villes, de la connaissance et de la prétention.

— Tu n'y penses pas Norbert, s'était-elle alarmée en étudiant le devis. Tout cela ne servira à rien. C'est de la folie. Elle t'a embobiné.

Le ton avait rapidement monté, et ils s'étaient violemment disputés :

— Ici c'est moi le patron, avait asséné Le Gall, pâle, le visage décomposé, comme à chaque fois qu'il pensait qu'on s'en prenait à son intégrité.

Dur, violent, mais capable de fondre en larmes devant les plus grands monuments de niaiserie de la télévision, Le Gall était parfois imprévisible. Personnalité complexe, frustre souvent, qui observait sa réussite sociale en Pygmalion narcissique, Norbert Le Gall aussi méfiant et rusé qu'incontrôlable, endossait régulièrement une peau d'écorché vif, capable des comportements les plus excessifs.

Alors, ce jour-là, Anne-Marie avait ravalé sa colère et, une fois de plus, elle avait plié devant les exigences de Norbert. En réalité, elle était une véritable garce, une de ces « vieilles filles » dont on se demande souvent si elles ne sont pas amoureuses de leur patron ? Elle appartenait au lot de ces femmes, mi-égéries, mi-maîtresses que génèrent parfois les vieilles entreprises et qui tiennent les employés dans une poigne de fer. Ceux qui ne l'aimaient pas, ils étaient les plus nombreux, la surnommaient « la Teigne. » L'étonnant amalgame, qu'elle avait fait entre sa vie personnelle et son admiration pour Norbert, l'avait transformée en un redoutable tyranneau paranoïaque.

Comme dans toutes les sociétés humaines, où s'affrontent toujours forces et faiblesses, le monde de Norbert le Gall avait établi ses niveaux de hiérarchie, distribuant les rôles au hasard de la vie. Grand maître de cérémonie, protégée par son rang, par son statut, par l'importance de son personnage, Anne-Marie Le Goff avait perdu sa propre identité. Réunissant autour d'elle une superbe cour d'hypocrites, aimant par-dessus tout les flatteries et les commérages, elle avait ses « chouchous. » D'un mot, d'une phrase, d'une insinuation, ceux-là et celles-là assassinaient les autres, les clouant au pilori du doute, du « on-dit », agrémentant leurs révélations de haussements d'épaules, de regards empoisonnés et de redoutables sous-entendus prononcés sur le ton de la confidence. Anne-Marie se délectait de ces ragots infâmes qui lui permettaient de diviser pour régner. Fidèle à son image, chaque matin, à peine avait-elle pénétré dans son bureau, qu'elle troquait ses chaussures pour une confortable paire de chaussons, qui lui permettaient de se déplacer sans bruit et de surprendre les conversations les plus discrètes.

*

* *

Conformément à l'expression consacrée, la nouvelle de la mort de Le Gall avait fait l'effet d'une bombe. Dès le lever du jour le port du Guilvinec avait connu un remue-ménage inhabituel pour cette époque de l'année. En quelques minutes la nouvelle dramatique avait atteint tous les centres vitaux locaux : la poste, les commerces. En milieu de matinée, la boulangerie, la boucherie, les bistrots, le distributeur de journaux, la présidente du club du troisième âge, le président du club de football, les pensionnaires de la maison de retraite, étaient sur le pied de guerre. Le réseau était en place, l'information pouvait circuler. *France 3 Iroise*, la télévision régionale, la radio, les journaux, s'emparèrent de l'affaire, déléguant sur place plusieurs de leurs reporters. Nombreux furent les téléspectateurs de la région qui, accrochés à « leurs » chaînes nationales, regrettèrent pourtant que les présentateurs vedettes ignorassent l'affaire. Pas un mot, pas une image. Mais

Paris était si éloigné, si inaccessible et si étranger !… Et puis Norbert Le Gall, malgré son influence, son poids économique, n'était pas une vedette. Sa vie et sa mort, pour des millions de personnes, présentaient moins d'intérêt que les existences de princesses chantantes et richissimes, aux vies sentimentales bouleversantes.

*
* *

Arthur avait rapidement pris la route de Concarneau, où il avait le rôle douloureux et difficile d'enregistrer le témoignage de Sylvie Le Dantec. Sarah s'était installée dans un bureau du rez-de-chaussée. Deux autres policiers l'assistaient, qui, installés dans une pièce annexe, partageaient avec elle la lourde tache d'interroger le personnel et de tenter de reconstituer l'emploi du temps du mareyeur. Le témoin principal, François Le Flohic, avait une importance capitale. A l'exception d'Anne-Marie Le Goff en effet, victime d'une grave crise nerveuse et hospitalisée sous calmants, il était, hormis son assassin, la dernière personne à avoir vu Le Gall vivant !…

Assis devant Sarah, bien que de taille moyenne, Le Flohic semblait grand tant il se tenait droit. Sec mais trapu, portant avec rigueur un visage osseux d'ascète, les oreilles légèrement décollées, il affichait, sous ses cheveux gris coupés ras, l'image même du baroudeur des années soixante. Un de ceux qui, grands voyageurs, marins ou militaires, vers le milieu du XXe siècle, traînaient leur sac dans tous les ports du monde. Mais, ce matin-là, face à Sarah, assis dans un fauteuil de skaï, François Le Flohic, choqué, semblait vivre un cauchemar. Le monde, son monde s'écroulait dans un fracas tragique, puisque l'homme auquel il vouait la plus grande admiration venait de disparaître. Ainsi ces dix années d'amitié, de travail en commun, de complicité, n'avaient donc servi à rien qu'à cette fin abominable ? Les questions de Sarah se succédèrent. Il répondit toujours avec précision, mais ses réponses furent, hélas, banales de simplicité :

— J'imagine combien tout ceci peut être pénible pour vous, mais cet entretien est indispensable, avait dit Sarah d'entrée.

Hochant tristement la tête, accablé par toutes les misères du monde, Le Flohic avait approuvé :

— Je suis un vieux militaire… J'ai l'habitude des… coups durs… des…

Il avait serré ses puissantes mains sur les accoudoirs, avant de détailler minutieusement son emploi du temps du vendredi soir.

— Quand vous êtes parti, monsieur Le Gall ne vous a rien dit de particulier ? demanda Sarah.

— Non, sinon qu'il avait encore du travail à terminer avant de partir pour Huelgoat.

— Il ne vous a pas dit s'il attendait quelqu'un, ni précisé à quelle heure il devait partir ?

— Non.

— Vous a-t-il paru, énervé, anxieux.

— Au contraire. Norbert était détendu... On a parlé une minute ou deux. Je lui ai serré la main et je suis parti.

Il expliqua comment, après avoir fait une dernière visite du hall, il était sorti par la porte de derrière, que Norbert aurait fermé en partant.

— Nous avons toujours procédé comme cela !

— Seriez-vous resté plus longtemps s'il n'avait dû partir en week-end ? poursuivit Sarah.

— Vraisemblablement. C'est... c'était notre habitude avec Anne-Marie. Nous restions souvent plus d'une heure ensemble après la journée. Anne-Marie est partie un peu avant moi. Ce soir-là je ne voulais pas manquer *Thalassa* à la télévision. Il y avait une émission sur la Mauritanie. J'ai passé pratiquement deux ans là-bas et...

— Vous l'avez regardée ? demanda Sarah.

Immédiatement sur la défensive, Le Flohic se tendit :

— Pourquoi, vous me soupçonnez ?

Sarah le fixa droit dans les yeux.

— Tout le monde est suspect lorsqu'il s'agit d'un meurtre monsieur Le Flohic. Tout le monde, jusqu'à ce que l'enquête soit close et le coupable arrêté.

Le Flohic sembla découragé. Il se passa la main sur le visage et soupira :

— Oui, bien sûr, je comprends ça. J'ai regardé l'émission. Je peux vous la raconter si vous le désirez. Je l'ai même enregistrée. La Mauritanie me rappelle tellement de souvenirs ! C'était il y a si longtemps.

Son regard se perdit une nouvelle fois dans le vague, semblant quêter on ne sait quel souvenir de couleur tropicale derrière la tapisserie banale des murs du bureau.

Le long témoignage de Le Flohic, l'évocation des années passées auprès de Le Gall, la précision militaire, digne d'un journal de marche, qu'il apportait à la narration des détails, et l'évocation de la grande amitié qui les liait, renseignèrent assez justement Sarah.

Les proches de Le Gall étaient d'ailleurs très peu nombreux. Sa mère étant décédée depuis quinze ans, la famille du mareyeur se limitait à son beau-frère Ambroise Guirriec, charpentier de marine à Léchiagat, et à Francine, sa femme. Le couple arriva vers midi, rentrant précipitamment d'un séjour de thalassothérapie à Quiberon.

Ambroise était un homme de soixante ans, trapu, aux cheveux gris coupés à la brosse, une belle figure de marin taillée à l'herminette. Francine était, elle, une longue brune maigre, plate, sèche comme un coup de noroît, au regard noir, perçant, presque caricatural d'une figure de dessin animé. Elle ne souriait jamais et ne connaissait qu'un intérêt à la vie : l'argent. C'était une femme autoritaire, difficile à vivre, qui reprochait régulièrement à son mari la trahison conjugale de Norbert qu'elle haïssait au plus haut point.

— C'est toi qui a présenté ce salaud à ma sœur. Il l'a détruite ! lui assénait-elle depuis des années.

Malgré une longue vie privée dissolue en effet, Norbert Le Gall était marié. Plus de trente ans auparavant il avait épousé Marianne Le Tanter, sœur de Francine, avec laquelle il n'avait jamais eu d'enfants. Plusieurs fausses couches dès les premières années de mariage, des tentatives de suicide dues à l'infidélité systématique de Norbert qui avait très rapidement délaissé sa femme, avaient brisé le fragile équilibre psychique de la jeune Marianne Le Gall. En maison de repos depuis des années, sans espoir de guérison, enfermée dans son univers inaccessible, Marianne n'était plus qu'un pantin semblable à ces poupées de chiffon qu'elle berçait des heures durant, marmonnant ou chantonnant d'incompréhensibles comptines. Réfugiée dans sa prison chimique, vivant un rêve où le monde appartenait à jamais aux poupées de ses souffrances, elle laissait s'égrener le temps, libérée d'une existence qui l'avait irrémédiablement détruite.

Nul n'aurait pu dire pourtant si Norbert, parfait égoïste, ressentait une quelconque responsabilité dans la déchéance de son épouse, à laquelle il ne rendait jamais visite.

— Ça ne sert à rien, elle ne reconnaît personne, affirmait-il à Anne-Marie en haussant les épaules.

Infidèle depuis tant d'années, Norbert semblait pourtant s'être stabilisé depuis dix-huit mois avec sa dernière liaison, Sylvie Le Dantec. Il avouait avoir enfin trouvé l'équilibre tant attendu et son comportement avait sensiblement changé. Quelques semaines auparavant, un soir où sa belle sœur, déchaînée, cherchant le scandale, l'avait, une fois de plus, traité de maquereau sous la criée devant le parterre des mareyeurs et des marins réunis, il s'était éloigné, les mains dans les poches, murmurant seulement : « Pauvre conne ! ».

Considérant l'échec de sa vie familiale comme une simple défaillance commerciale, Le Gall, faisait reposer sur les fragiles épaules de sa femme le poids de son stupide égocentrisme.

Alors, ce jour-là, la nouvelle de la mort de son beau-frère avait fait tomber le masque sévère, impénétrable que portait Francine : elle avait souri !

— Ça devait bien lui arriver un jour à ce salaud. J'espère qu'il a eu le temps de se voir mourir ! avait-elle craché haineusement.

Au cours de leur entretien Sarah Christmas avait

plusieurs fois dû la ramener à l'ordre, sans que d'ailleurs cela sembla avoir de résultat.

— Ce n'est pas moi qui l'ai tué, mais celui qui l'a fait mérite mon estime.

— Madame, vous allez trop loin. On a tué un homme et je vous interdis de vous comporter ainsi ! s'était insurgée Sarah, furieuse.

Haussant les épaules et, avec la plus grande désinvolture, un sourire carnassier aux lèvres, Francine avait répondu :

— Et alors ? Qu'est-ce que vous allez faire ? Me mettre en prison ?

*

* *

Ce qu'ignoraient Sarah et Arthur, et sans doute l'ignoreraient-ils à jamais dans cette forme, c'était le véritable état des relations entre Norbert et Anne-Marie. Cette dernière était pour Norbert, surtout avant l'arrivée de Le Flohic, une véritable confidente, capable de recevoir les secrets les plus intimes. Jamais pourtant elle n'avait parlé à quiconque de ces étonnants aveux, de ces révélations surprenantes, semblables à des confessions érotiques.

Combien de fois s'était-il confié à elle, lui dévoilant des secrets d'alcôves dignes des plus grandes complicités. Devait-elle les connaître ? Fallait-il qu'il ait en elle une confiance absolue pour lui livrer ainsi son âme… et lui raconter ses frasques ? Combien de noms de femmes horizontales avait-elle entendu ? Combien de fois avait-elle frémi à leur évocation ?

— Je ne te le dirais pas, si ce n'était pas vrai. Ce sont de véritables sss…, insistait Norbert, sifflant le « s » sans prononcer le mot, un sourire moqueur et narquois aux lèvres.

Mais l'attrait naturel d'Anne-Marie au colportage de ragots trouvait ses limites dans les aveux amoureux trop détaillés du mareyeur. Ses outrances de langage la sidéraient ! Là, dans ce bâtiment de béton, sur un banal quai de port, les soirs de grandes confidences, il déployait avec verve et sans pudeur la vérité toute nue. Les mots les plus vulgaires devenaient, dans sa bouche, autant d'armes et de jouets épouvantables comme en manipulait en son temps, le « divin » marquis de Sade.

— J'ai des lettres d'elles. Je dois même avoir des photos de Polaroïd ! Je leur en fait des trucs ! Je me souviens d'une fois, là, où tu es assise…

Anne-Marie tressaillait, pendant que Norbert se lançait dans des descriptions pornographiques si détaillées qu'elle en éprouvait réellement du dégoût.

— Je t'ai raconté, un soir, dans le frigo, la femme de…

Invariablement, faisant fi de ses propres sentiments, Anne-Marie hochait la tête, laissant Norbert rire aux éclats :

— Elle courait par moins dix degrés, à poil la garce ! Une guenon en chaleur ! Tu la connais bien, tu sais… rappelle-moi donc son prénom…

Elle soufflait un nom et le rire de Norbert redoublait :

— Tu l'as vue dans la rue aujourd'hui ? Une vraie plume et… A propos de plume…

Déserts à cette heure, les couloirs résonnaient des échos grossiers des plaisirs du mareyeur.

— Et elle détourne la tête quand elle me voit maintenant !

Les récits de Norbert, qui tournaient souvent à l'obsession, traumatisaient Anne-Marie plus qu'elle n'aurait voulu l'avouer.

Combien de fois avait-elle fermé les yeux, combien de fois s'était-elle interdite d'ajouter un mot, une phrase, le laissant aller, lui, Le Gall, le silencieux, à des confessions volubiles que personne d'autre n'entendrait jamais, décrivant avec délectation des scènes orgiaques :

— Tu n'es pas choquée, on n'est plus des enfants !

Jusqu'à il y a dix-huit mois environ, avant sa rencontre avec Sylvie Le Dantec, la rumeur publique qui se mêlait toujours de ce qui ne la regardait pas, souvent taquine et parfois encline aux rimes faciles, disait de Norbert sur l'air des lampions :

— C'est un sacré coco qui fait des tas de cocus !

Anne-Marie, sans trop savoir si elle approuvait ou

non, l'écoutait donc jouer les chroniqueurs érotiques. Comme il aurait évoqué ses frasques de bordel avec un camarade de régiment, le mareyeur disséquait sa vie privée.

Tant d'années de vie professionnelle commune pourtant, avaient changé bien des choses. Tous deux avaient vieilli, et, sans qu'Anne-Marie s'en aperçoive vraiment, leurs vies avaient pris des chemins divergents. Norbert, assagi et sans doute amoureux pour la première fois de sa vie, se laissait, depuis quelque temps, aller à des discours étonnants, comme s'il n'était plus le véritable maître à bord dans son affaire.

Anne-Marie n'avait pas compris ce qui se passait, mais tous ces étrangers aux allures d'intellectuels qui découpaient l'entreprise en tranches l'avaient mise en garde.

Elle n'ignorait pas qu'ils attendaient d'autres réponses que les siennes à leurs questions : elles étaient précises, incisives, et faisaient régulièrement appel à de nombreux recoupements. A plusieurs reprises, Anne-Marie s'était sentie perdre pied. Derrière leurs bonnes manières, elle savait que ces hommes la jugeaient sans états d'âme. Elle n'ignorait pas que sa formation de comptable, datant de plus de vingt-cinq ans, était aujourd'hui sous dimensionnée face aux exigences de l'entreprise. Confrontée à ses insuffisances, victime du principe de Peters, cette définition imparable du niveau d'incompétence, assurée, croyait-elle, du soutien de Norbert, elle utilisait alors les seules armes à sa disposition, le double jeu, la crainte et l'hypocrisie.

Comment, par quelle indiscrétion, avait-elle connu les propos tenus à son égard ? Norbert avait-il été maladroit, comme il l'était si souvent dès lors que l'on abordait les problèmes de relations humaines ?

Dans un excès de naïveté inattendu comme il en avait parfois, pensant bien faire, n'avait-il pas évoqué la situation devant elle. Il en aurait bien été capable ! « Tu sais, il faut du sang neuf dans l'entreprise, aurait-il pu avouer, sans doute gêné de cette faiblesse, mais rassuré par la confidence. Moi aussi je dois m'adapter, je vais avoir d'autres comptes à rendre. Ce n'est plus la même chose qu'avant. Je pense qu'on peut compter sur Valérie.

Vingt-deux ans de son existence s'étaient-ils alors écroulés en quelques secondes ? Le mystère demeurait entier. Quelques jours plus tard pourtant, auprès de ses favoris et de ses favorites, Anne-Marie, parlant innocemment de Valérie Gourlaouen avait laissé échapper une phrase qu'elle voulait lourde de menaces :

— Si elle croit qu'elle va avoir ma place comme ça…

Par le jeu des alliances et des bruits de couloirs, les mots avaient été rapidement colportés, et, à la fin de la journée, ils avaient fait le tour du port. Les bruits y circulaient d'ailleurs avec une étonnante facilité, et l'on découvrait souvent, livrées en pâture à la curiosité publique, des affaires familiales, privées, qui n'auraient jamais dû quitter des cercles restreints ou des dossiers de notaires. Le sordide se mêlait ainsi à l'inconvenant, imprégné d'odeurs de scandales ou de relents de coucheries diverses.

Alors que rien n'avait encore changé à la Smob, qu'aucune mesure nouvelle n'était intervenue indiquant la prochaine prise de participation, les commentaires allaient bon train.

Depuis quelqucs semaines Anne-Marie avait senti que l'ambiance changeait. Ses têtes de Turcs préférées semblaient moins craintives, moins tendues. Certaines courbaient encore l'échine, mais les regards n'étaient plus les mêmes. La peur changeait de camp. Les mots circulaient sur les lèvres et les plus hypocrites retournaient déjà leur veste.

— Anne-Marie est morte, vive Valérie !

La phrase était d'un technicien d'entretien, une couleuvre gluante surnommée « Tournevis » pour l'outil qu'il tenait en permanence à la main et qui ne servait guère. Il avait fait sourire tous ceux qui le connaissaient. Fainéant comme un pou, utilisé par la Teigne, il bénéficiait d'un étonnant état de grâce comme en jouissent parfois les imbéciles et les fourbes dans ce genre de situation.

Malgré tous les efforts d'Anne-Marie, donc, rien n'aurait pu masquer la réalité, Valérie Gourlaouen faisant l'unanimité pour sa gentillesse, sa compétence et sa simplicité. La cour d'Anne-Marie sentait-elle tourner le vent ? Elle semblait moins empressée, plus distante, et ceux et celles qu'elle avait honorés de sa protection, semblaient aujourd'hui l'éviter. On oubliait de plus en plus souvent ces rendez-vous quotidiens près de la machine à café, qu'auparavant elle prolongeait volontiers. Les courtisans n'assuraient plus ces dernières minutes passées après l'heure au bureau où, en quelques instant, on déboulonnait si facilement les femmes et les hommes en les traînant dans la boue.

Si rien n'était bouleversé, tout semblait déjà différent et c'est sans doute auprès de Valérie Gourlaouen qu'Anne-Marie se sentait le plus mal à l'aise. Face à la jeune femme, elle se heurtait à un mur d'indifférence.

Anne-Marie ne l'attaquait jamais de front. Elle minaudait, souriait, rusait, flattait, tout en sachant que Valérie n'était jamais dupe de son petit jeu.

Alors, Anne-Marie avait cherché à regrouper ses troupes pour souffler sur la braise. Vainement... Elle sentait bien que tout lui échappait et que demain, quand les financiers arriveraient, elle ne serait plus rien. On lui confierait un poste bâtard qui l'écarterait du pouvoir. Tous ces gens qu'elle menait, qu'elle manipulait depuis si longtemps, la regarderaient alors comme une marionnette poussiéreuse que l'on enferme dans un placard. Définitivement désagrégée, elle ruminerait péniblement sa rancœur dans une tragique solitude. Elle, qui avait tout donné à Norbert sans rien demander en retour, pensant que la vie accordait à ses serviteurs sinon des récompenses, au moins de la reconnaissance, tombait de haut. Elle aurait pourtant dû se méfier. Six mois auparavant, lors d'un petit apéritif amical à trois, avec François Le Flohic dans le bureau de Norbert, celui-ci n'avait-il pas déjà confié, parlant de son amie Sylvie Le Dantec et de sa fille :

— Je crois que j'ai fait ce qu'il fallait pour réussir. Si je peux vendre maintenant, et ça ne devrait pas poser de problèmes, on part aux îles avec les filles. La petite a de l'asthme ici. Les Seychelles, la Martinique, l'Ile Maurice... les Maldives. On n'a pas décidé encore mais... elles se renseignent. Je vais leur acheter une maison au bord de la plage et un bateau. Elles seront bien là-bas. On ira à la pêche, on fera des voyages. Vous, vous avez fait votre vie. Ça a bien marché pour vous.

Le Flohic n'avait pas sourcillé. A moins d'un an d'une retraite définitive qu'il attendait avec impatience, il approuvait. Comme il approuvait invariablement ce que disait et ce que pensait Norbert, le miroir de son existence.

Anne-Marie, elle, avait vacillé. Le sol se dérobait sous ses pieds et des images de palmiers, d'îles ensoleillées, d'eaux limpides et de bains de minuit lui avaient cruellement traversé l'esprit. Elle se vit, l'espace d'une seconde, dans la virginité éclatante d'un costume de « star » de cinéma, à la barre d'un bateau de milliardaire, Norbert à ses côtés. Son regard croisa le sien, et, durant un court instant, il avait semblé l'interroger :

— Eh bien quoi ? Quelque chose ne va pas ?

Mais cette impression fugitive n'était pas une question. Anne-Marie comprenait qu'elle n'était rien pour lui, que la vie qu'elle lui avait consacrée s'achevait sur un échec. Le sien.

Norbert avait aussitôt insisté :

— La petite a quinze ans le mois prochain. Je n'ai jamais eu d'enfants. Elle est comme ma fille. Je ferai tout pour qu'elle soit heureuse. Je suis sûr que vous comprenez ça, tous les deux.

Enjoué, François avait ajouté :

— Tu nous inviteras. J'ai passé deux ans à Tahiti. J'aimerais bien retourner dans ces coins-là. Et pour la pêche, tu peux compter sur moi. Je me souviens de sorties en mer…

Anne-Marie avait cru mourir. « On part aux îles. La petite a de l'asthme ». Cette phrase banale prononcée avec le sourire était pour elle l'ultime preuve d'une trahison définitive, plus traumatisante encore que l'annonce d'un deuil brutal. Elle découvrait brutalement qu'elle n'existait pas, qu'elle n'était qu'une ombre, une image dans l'espace, et que tout ce temps passé au service de Norbert n'avait servi à rien. Il ne lui prêtait aucune attention, il ne vivait plus que pour Sylvie Le Dantec et Caroline, sa fille, ses grandes amours.

Alors, le monde s'était, ce jour-là encore, écroulé en quelques secondes. Il lui semblait que toutes ces années, ces efforts, s'étaient dilués dans l'inutilité de sa vie, et qu'ils n'avaient servis qu'à porter Norbert.

Qu'attendait-elle qu'elle n'ait eu ? Anne-Marie n'aurait pu le dire. Elle savait seulement que dans six ans, cinq ans peut-être, elle tomberait, sans qu'elle n'y puisse rien, sous le couperet de la préretraite ou d'un régime social analogue.

La presse locale lui accorderait une photo, évoquant ses années de dévouement, ses médailles du travail, et, après une « brève » aussi importante dans la vie locale qu'un congrès des gardes-champêtres, elle ne serait plus, deux jours après, qu'un banal numéro de Sécurité Sociale, un compte bancaire, un versement de retraite, un nom sur un livret d'épargne inutile. Et si, quelque temps plus tard, Norbert définitivement parti, Anne-Marie, à la recherche d'on ne sait quel souvenir, franchissait un jour la porte de la Smob, une secrétaire anonyme, entre deux conversations en allemand et en américain au téléphone, lui demanderait, comme on interroge une ombre fripée :

— Bonjour madame. Qui désirez-vous voir ? Vous a-t-on fixé un rendez-vous ? Nous avons déjà deux femmes de ménage et…

Elle pourrait contester, faire valoir on ne sait quel passé, elle ne serait plus rien. Anne-Marie savait qu'une telle injustice lui serait insupportable. Elle ne pouvait l'accepter.

*
* *

Parmi tous les personnages directement ou indirectement concernés par le drame, l'un d'entre eux retenait particulièrement l'attention de Sarah Christmas. Non qu'on eût pu le soupçonner a priori, son alibi semblant inattaquable, mais Hippolyte Hascoat, délégué syndical, responsable local et aussi employé chez Le Gall, était naturellement au cœur du problème.

Doté d'une forte personnalité, spontanément à la tête de toutes les manifestations, Hippolyte était un homme généreux, sincère, sympathique mais borné, qui avait divisé le monde en deux catégories radicalement et définitivement distinctes : les travailleurs et les capitalistes. Si les premiers dormaient et mouraient dans le drapeau rouge, les seconds couchaient dans l'or et vomissaient dans la soie. Il faisait le bonheur des médias locaux, lui qui, dans ses grands jours, dénonçait, dans un étonnant mais superbe numéro d'équilibriste, les patrons pêcheurs, le grand capital, les artisans, les commerçants, et même les boulangers et les épiciers de quartier. Il faut dire que la situation ici était particulièrement originale, sinon cocasse, plusieurs patrons de bateaux, marins artisans, étant affiliés au même syndicat ouvrier... que leurs employés !

Alors, on déployait régulièrement le drapeau rouge, exhibant la faucille et le marteau pour dénoncer les patrons exploiteurs, buveurs de sang de leurs matelots. Si la situation était inhabituelle, il semblait bien pourtant que chacun y reconnaissait les siens.

Hascoat, rouquin moustachu du type gaulois prononcé, n'avait pas réussi à faire la différence entre la politique et le syndicalisme. Résolument communiste, il n'avait jamais vraiment lu ni Marx, ni Engels, et ignorait tout de la densité des épais volumes du Capital.

Totalement engagé dans la défense des travailleurs - et c'était là une véritable vocation, sinon une profession de foi -, il considérait, une fois pour toutes, que ceux-ci étaient tous de gauche, la vraie, la solide, celle « d'avant ». Hippolyte touillait alors dans le même chaudron les « socialistes », bourgeois ou ronronneurs. « Savez-vous combien d'entre eux possèdent des actions de privatisation de sociétés cotées en

Bourse ? », clamait-il, ironisant sur *les centristes équilibristes*, attaquant vigoureusement la droite, honnie, qu'il qualifiait de *rassemblement de profiteurs, de patrons et de réactionnaires*.

Hascoat aimait la bière, le foot, le courage des pilotes de Formule 1. Ses bacchantes, à l'équilibre hésitant, poussaient leur gros accent circonflexe au devant d'une lèvre inférieure tombante. Il avait des yeux sombres, remplis d'inquiétude, un front haut d'homme intelligent, un crâne bien fait quoique légèrement dégarni et un os frontal sans loupe.

Agé de cinquante-quatre ans, Hascoat les portait avec autant de force que l'incontestable honnêteté et le dévouement exemplaire et ardent avec lesquels il défendait ses convictions. Sarah Christmas l'avait rejoint dans le local de son syndicat, deux petites pièces d'une ancienne épicerie, derrière le bureau des Douanes et celui de l'Inscription Maritime. Hippolyte était un homme sympathique, aimable, et d'une correction exemplaire.

Proposant la meilleure chaise à Sarah, il lui offrit un café dans la pièce humide où le vieux radiateur à bain d'huile surchauffé faisait craquer ses résistances raides et fragiles comme de vieux rhumatismes. Son corps arthritique, des lamelles repeintes d'une mauvaise peinture couleur des combinaisons féminines des magazines années cinquante, dégageait au hasard quelques ondes lourdes de tiédeur fadasse. Il faisait froid dans le bureau sans âme. Le radiateur fonctionnait mal, comme le parti. Tous deux ne souffraient pas des mêmes maux, mais l'électricité passait aussi difficilement dans les circuits usés, détraqués, que les discours de lutte des classes chez les ouvriers. On n'était plus en 1950, et les vocations s'essoufflaient parfois. Seuls restaient les purs.

Sur son bureau, face à lui, le portrait d'un dirigeant national de l'époque, au visage fermé sous ses sourcils d'ours, affichait une ancienne dédicace adressée aux « *...marins prolétaires bretons en lutte contre le grand capital* ».

Quand le doute l'assaillait, Hippolyte tentait parfois de capter le regard lourd, aujourd'hui dissout par le temps, murmurant machinalement : « *Et alors, qu'est-ce que tu en dirais toi, aujourd'hui ?* ». En vérité, comme il n'était pas un homme à vouloir faire tourner les tables, il n'avait jamais obtenu de réponse et sa volonté farouche de remplir sa mission suffisait à son bonheur.

— Vous savez que ce n'est pas moi qui l'ai tué... Je ne l'aimais pas, mais de là... avait-il calmement affirmé.

— Je voudrais que vous me parliez de monsieur Le Gall, de ses relations avec les gens, avec vous... avait répondu Sarah.

Ce week-end-là, Hascoat participait en effet à une réunion régionale, et c'est là, en pleine assemblée, le lundi matin, qu'il avait appris la nouvelle. Bien que le mareyeur et lui se détestassent réciproquement, la brutalité de l'événement l'avait choqué. Alors il était rentré en catastrophe, déçu et désabusé de son assemblée cependant, tant il avait le sentiment que l'engagement général se désagrégeait au fil des années. Plus de deux cents kilomètres de voie express entre Rennes et le Pays Bigouden lui avaient permis de faire un long *flash-back* qui lui laissait un goût amer.

Hippolyte avait bataillé ferme à Rennes, ressentant comme des brûlures au fer rouge les tensions entre ce que maintenant il fallait bien appeler des clans. Comme dans tous les systèmes humains les luttes d'influence étaient fortes et, Hippolyte, écoutant les discours de certains de ses vieux amis de route, se demandait à quel moment l'opportunisme avait, chez eux, pris la place de la sincérité.

Alors qu'il s'apprêtait à demander la parole, tout en se promettant de garder son calme, un de ses amis l'avait demandé au téléphone. L'annonce avait été brutale, le message bref :

— Il faut que tu rentres immédiatement !

Célibataire et n'ayant pas de famille proche, Hippolyte s'étonna :

— Que se passe-t-il ?

Il y eut un court silence, puis :

— Le Gall est mort.

— Mort ?… Comment ?… Accident de voiture ?

— Assassiné.
— Assassiné ! Oh m… !

*
* *

— Le Gall était détesté ! Il est mort de façon affreuse, mais c'était quelqu'un de buté, de borné, de complètement « réac », un peu cinglé. Il était capable de tout. Rien ne comptait pour lui sinon l'argent, les affaires, le commerce. Un patron, quoi !

Il se lança dans un discours à l'argutie dogmatique.

— Nous l'avons fait plier. Entre nous et lui ça ne pouvait pas coller : je suis communiste, syndicaliste, et lui c'était un profiteur, un capitaliste. Ce type prenait ses ouvriers pour des esclaves. Avec les camarades, nous l'avons forcé à revenir sur des décisions.

Hascoat évoqua la grève dure de l'année précédente, des reprises d'entreprises, des licenciements.

— Nous lui avons fait perdre des millions ! Je dis bien des millions ! Je suis sans doute le seul auquel il n'ait jamais serré la main ou même dit bonjour durant toutes ces années. Il aurait pu me tuer, je crois qu'il l'aurait fait. Oui, à la réflexion, je suis persuadé qu'il m'aurait tué, sans hésiter.

Derrière les mots très durs d'Hippolyte, Sarah

découvrait peu à peu la redoutable personnalité du mareyeur. Entre l'admiration sans bornes de Le Flohic et le regard de Hascoat, il existait un monde infranchissable, un abîme.

— Vous étiez en conflit permanent ?

— Permanent. C'était devenu une affaire personnelle entre nous. Je l'avais en permanence sur le dos, par Le Flohic interposé ! Celui-là me surveillait toute la journée, comme un berger allemand. Mais j'étais inattaquable. Tous deux m'en voulaient vraiment à mort.

— Pourquoi à ce point ?

— En raison de mes convictions et mon engagement syndical.

Il avait poursuivi :

— En réalité cette affaire c'était un trio terrible car il y a aussi la Teigne, enfin, Anne-Marie Le Goff. Ces trois-là réunis étaient capables de mettre n'importe qui à genou. Le personnel subissait des pressions épouvantables et travaillait au rythme « marche ou crève ». Le Flohic aurait fait un excellent garde-chiourme à Cayenne.

— Que cherchait-il en ce qui vous concerne ?

— A me prendre en défaut pour me licencier. Auparavant j'étais chez Goulven Quemeneur, un autre mareyeur. Quand il a eu des difficultés et que Le Gall a repris son affaire, il aurait bien voulu se débarrasser de moi à l'époque, mais, légalement, il a dû me garder.

— Qui est Goulven Quemeneur ? demanda Sarah.

— Qui était-il, plutôt, souligna Hippolyte. Bien sûr vous n'avez pas encore eu le temps d'entendre parler de tout ça... C'est une histoire qui date de près de dix ans.

Il lui commenta les événements de l'époque, une tragédie locale qui avait attiré de nombreux commentaires. Propriétaire d'une petite entreprise de mareyage, Goulven Quemeneur avait fait une série de mauvaises affaires qui le menaient droit à la faillite. Il n'avait dû son salut qu'à un rachat par Norbert Le Gall.

Mais, écrasé de honte et de chagrin, il s'était suicidé d'une balle de revolver deux jours après la reprise de l'entreprise.

— J'ai travaillé longtemps chez lui, mais Goulven était dépassé par les événements. Beaucoup d'argent dehors, des mandataires qui commandent mais ne payent pas... Tout cela n'est pas très sain. Ça c'est très mal terminé... et j'en ai eu mal car j'aimais bien Goulven, c'était un brave homme. Rien à voir avec Le Gall. Mais il y avait un trou énorme dans l'entreprise et le syndicat avait tiré la sonnette depuis longtemps. Ça courait à la faillite mais Le Gall a racheté l'affaire... Abel, le fils de Goulven, tient aujourd'hui le Café du Port.

— Je vois. Pourquoi a-t-on tué Norbert Le Gall, à

votre avis ? demanda Sarah.

Hippolyte fit la moue :

— Mystère et boule de gomme, comme on disait dans le temps. Il avait suffisamment d'ennemis pour ça. Un mari trompé peut-être ? Ce n'est pas ça qui manque ! Une chose est sûre, ce n'est pas moi ! affirma-t-il, une fois de plus.

Mais sa position quant au mareyeur était sans équivoque :

— Ce qui nous importait c'était de faire plier Le Gall, de lui faire sentir la puissance de son personnel et celle du syndicat. Moi je défendais les camarades, mais, en dehors de cela, il y avait des dizaines de personnes qui devaient lui en vouloir. Les employés le craignaient et le détestaient. Il s'était fait des ennemis partout.

— Au point de l'assassincr ?

Hascoat se lissa les moustaches d'un geste familier qui s'était depuis longtemps transformé en réflexe :

— Je ne sais pas. On ne peut pas connaître les réactions des gens… il s'est passé tellement d'événements dans l'entreprise.

— C'est-à-dire ?

Il évoqua des séries de conflits du travail, puis un drame qui s'était déroulé cinq ou six ans auparavant :

— C'était un accident, un manquement aux consignes de sécurité. Gabriel Savina, un employé de bureau, est entré seul dans une chambre de congélation, sans la combinaison spéciale obligatoire et après le départ du personnel, pour vérifier un inventaire, un vendredi soir après la fermeture. Problème, il n'aurait pas dû travailler à cette heure-là, mais il était dans les petits papiers de la Teigne qui lui avait demandé de rester plus tard.

— Que s'est-il passé ?

Hippolyte prit un air fataliste :

— Gabriel n'en avait sans doute que pour quelques minutes dans le frigo. Mais l'éclairage a dû s'éteindre, et comme la porte se ferme automatiquement, il n'a pas pu retrouver la poignée. Il a eu beau appeler, il n'y avait plus personne. De toute façon, avec l'épaisseur des murs isolants, on n'entend rien de l'extérieur. Vers neuf heures du soir sa femme s'est inquiétée. Les pompiers l'ont retrouvé congelé à minuit. A moins trente degrés ça ne pardonne pas. Il laissait une veuve et un enfant de quinze ans.

— Madame Le Goff ne s'est pas inquiétée ? Quelles ont été les conclusions de l'enquête ?

— On ne peut pas lui reprocher ça. Tout était éteint, elle a cru qu'il était parti sans la prévenir. Même Le Flohic, qui est passé plus tard n'a rien remarqué. L'accident idiot. Une lampe banalement grillée. Il s'était complètement égaré dans l'obscurité et dans le dédale des « racks » de poisson surgelé. La panique, le froid ont fait le reste... Sa femme s'est remariée depuis et elle a quitté la région.

— Savez-vous où elle s'est installée ?

— Non, je ne sais pas trop. Ce n'était pas une fille d'ici, mais elle travaillait comme secrétaire à la Coopérative Maritime. Je crois qu'elle venait du Cher... ou d'une région comme ça.

Hascoat réfléchit quelques instants et confirma :

— C'est ça, du Cher, des environs de Bourges. Son... deuxième mari était un transporteur routier de cette région, je me souviens bien du camion. Elle l'avait connu quand il livrait la Coopérative Maritime, sur le quai. Je crois qu'elle est retournée vivre là-bas.

— Vous n'avez jamais eu de ses nouvelles ?

— Ni moi ni personne, à ma connaissance. Il me semble même que son mari a changé de métier. A bien y réfléchir... Il faudrait demander au directeur de la coopérative, mais je crois que personne ne l'a vu ici depuis !

Le Gall disparu, l'étrange atmosphère qui semblait régner autour de sa personnalité se faisait jour. Objet d'admiration, de haine, ou de convoitise, le mareyeur avait incontestablement marqué la région de son empreinte.

Sarah s'interrogeait sur la tension permanente, qui, de l'avis d'Hippolyte, semblait régner dans l'entreprise de Le Gall. A l'entendre, la vie y était un enfer.

Sans qu'elle n'eût à lui poser une autre question, Hascoat poursuivit :

— Vous savez comme on parle aujourd'hui de harcèlement moral ? Eh bien, « madame » Le Goff en connaissait un rayon à ce sujet. Je ne saurais vous dire combien elle a conduit d'employées à la dépression. Deux ou trois fois, ça a d'ailleurs failli mal finir.

— C'est-à-dire ?

Hascoat posa les mains à plat sur le bureau. Sarah remarqua qu'il avait des mains très larges, aux doigts couverts d'éraflures.

— Quand la Teigne s'en prenait à quelqu'un elle ne le lâchait plus » affirma-t-il.

— Avait-elle des raisons particulières de le faire ?

Hippolyte secoua véhément la tête :

— Aucune, jamais. C'était de la méchanceté pure. Il suffisait de ne pas lui plaire ou de ne pas marcher dans… son jeu de…

Il hésita :

— Son jeu de… ? l'entraîna Sarah.

Hésitant à achever sa phrase, il toussota puis se décida à continuer :

— De toute façon, elle ne va pas me poursuivre pour diffamation, alors…

Sarah fronça les sourcils et Hippolyte fut surpris de découvrir comment son regard perdait alors de sa douceur. Elle le fixait droit dans les yeux :

— Alors… quoi ? Je ne joue pas aux devinettes,

monsieur Hascoat.

Il grommela un vague « Je sais bien » et, l'air renfrogné, poursuivit :

— Ce que je vais vous raconter est compliqué… D'autant que personne n'en connaît réellement la part de vérité. Cela remonte à tellement loin et je me demande si… Il n'y a pas de véritables preuves et…

Sarah l'interrompit :

— Ne vous posez pas de questions inutiles, monsieur Hascoat et venez-en au fait. J'enquête sur un meurtre et cela seul compte. Quant aux preuves éventuelles, si elles ont un lien avec l'affaire, cela est de notre ressort.

Hippolyte acquiesça et soupira :

— Oui, bien sûr. Voilà ce qu'il en est… On a souvent dit que la Teigne, enfin madame Le Goff, et Norbert Le Gall avait pu avoir des relations autres que professionnelles auparavant.

Sarah découvrit que Hascoat semblait étonnamment gêné d'aborder ce type de sujet devant elle, qui avait l'âge d'être sa fille. Il était d'une génération, où, quelles que fussent les convictions ou les engagements, on limitait les confidences scabreuses aux personnes proches.

— On a souvent dit qu'elle avait été sa maîtresse et qu'elle aurait bien voulu l'épouser. Mais c'était leur vie privée.

— Mais vous, qu'en pensez-vous ?

— Rien de particulier. Anne-Marie Le Goff était sans doute une… garce. Hum, excusez-moi… Mais elle avait dû être une belle femme quand elle était plus jeune, et elle l'est encore aujourd'hui. Et Norbert aimait les jolies filles…

Le regard de Sarah se fit interrogateur. Hascoat poursuivit.

— Les commérages et les ragots vont bon train dans les petites villes. Tout le monde se connaît.

— Au sujet de madame Le Goff vous avez évoqué il y a quelques instants celles qui ne rentraient pas dans son jeu. Que voulez-vous dire ?

— Euh ! J'y viens mais… ce n'est pas très facile à… exprimer et je ne sais pas si…

— N'ayez pas d'états d'âme, monsieur Hascoat. Tous les éléments concernant l'enquête doivent être pris en compte. Il appartient ensuite à la justice de les analyser.

Il regarda autour de lui, l'air méfiant, comme si des oreilles indiscrètes avaient pu surprendre leur conversation.

Chuchotant plus qu'il ne parla, il livra sa confidence :

— Eh bien, on dit aussi que, déçue par Le Gall, elle aurait, enfin… comment dire, changé de bord. Qu'elle… enfin qu'elle aimait bien… passer la main dans le dos des plus jeunes femmes du bureau.

Sarah hocha la tête. Les précautions oratoires de

Hascoat la faisait sourire.

— Vous voulez dire que la rumeur lui prêtait un comportement de lesbienne ?

Hascoat ne s'attendait certes pas à une telle franchise de langage. Sarah poursuivit :

— Mettons-nous bien d'accord, monsieur Hascoat. Je suis officier de police judiciaire. Bien qu'encore jeune, j'ai assisté à des scènes et des drames que je vous souhaite de ne jamais voir.

— Oui, sans doute.

— Poursuivez, je vous prie.

— Eh bien, dans deux cas précis, connus de tous, le harcèlement d'Anne-Marie Le Goff a fait des dégâts. Ils se sont soldés par de grosses déprimes et… au moins une tentative de suicide !

Sarah garda le silence un moment. Tous ces gens, dont il y a quelques heures seulement elle ignorait tout, s'imposaient désormais avec leurs drames, leurs joies, leurs mesquineries, leurs souffrances, leurs espoirs déçus. Au centre de leurs problèmes ou de leur vie, le monde du mareyeur semblait avoir cristallisé toutes les rancœurs. Sarah savait également comment les hommes et les femmes peuvent faire preuve d'une étonnante imagination pour faire souffrir leurs semblables. Alors, tout devenait possible.

— Anne-Marie Le Goff a reçu, et c'est une certitude, des lettres de menaces. Anonymes, bien sûr. Un matin de printemps, il y a une dizaine d'années de cela, en arrivant au travail, nous avons tous pu voir une inscription à la peinture rouge sur la façade : « La Teigne, qui détruit les filles qui te refusent, j'aurai ta peau espèce de g… »

— A-t-on découvert l'auteur de cette phrase ?

— Non. Mais tout le monde a pensé à la même personne : un marin fiancé à une employée qu'Anne-Marie Le Goff terrorisait.

— Comment l'affaire s'est-elle terminée ?

Hascoat fit la moue.

— Il n'y a jamais eu de plainte déposée, mais le jour même Anne-Marie Le Goff a pris un mois de congés. La jeune femme a démissionné et elle n'est jamais revenue dans l'entreprise. Deux semaines plus tard, son fiancé et elle achetaient un petit atelier de mareyage dans le nord Finistère. Là encore rien n'est prouvé, mais, il semble que Le Gall soit intervenu directement car ils n'avaient pas un sou vaillant ! Personne n'en a entendu parler depuis.

Sarah imaginait plusieurs scénarios. Elle savait que les tentatives de chantage étaient, plus qu'on ne l'imagine généralement, des armes couramment employées dans tous les milieux. Mais, les maîtres chanteurs étaient le plus souvent de véritables chefs d'orchestres, des calculateurs aux menées rarement motivées par la vengeance personnelle. Leur objectif était généralement le profit, sous toutes ses formes. Si plusieurs menaces de chantage tournaient mal rapidement, d'autres, au contraire, pouvaient durer des années avant de se terminer tragiquement. Alors, chantage, harcèlement, conflits sociaux, accidents, femmes volages et maris trompés… les chemins qui menaient à Le Gall semblaient, décidément, bien nombreux et complexes !

Hascoat évoqua également une affaire plus récente, celle de deux chauffeurs détournant de la marchandise.

— C'était il y a un peu moins de deux ans. Habitués à conduire des poids lourds frigorifiques de l'entreprise dans toute la France, deux gars avaient monté un réseau dans des restaurants. Quarante, cinquante ou même cent kilos sur vingt ou trente tonnes de chargement, ça ne se voit pas et ça peut représenter de l'argent. Seulement, un jour ou l'autre quelqu'un découvre la combine ou en entend parler. Ça a été le cas. Le Flohic les a suivis à la trace, comme un chien de chasse. Il les a pris sur le fait.

— Alors ?

— Licenciements pour faute lourde. C'était indéfendable. Ils n'ont pas retrouvé de travail. L'un d'entre eux s'est suicidé, sa femme l'ayant quitté. L'autre serait dans « la cloche » à Concarneau.

Quand Sarah le quitta, Hippolyte lui affirma :

— La situation est grave. Avec tous ces problèmes nous devons nous poser des questions sur l'avenir de l'entreprise. La mort de Le Gall est un gros pépin. Il avait négocié des participations extérieures et on savait qu'il voulait vendre. On se battra contre ça.

*

* *

Arthur rejoignit Sarah en fin d'après-midi. La rencontre à Concarneau avec la jeune coiffeuse, effondrée, avait été dramatique et le capitaine de police portait sur le visage les marques de l'épreuve. Son épaisse moustache et ses yeux battus le faisaient ressembler à un vieux phoque blessé.

— Vois-tu Sarah, avait-il dit. J'ai hâte de rentrer chez moi ce soir, de retrouver ma femme. Une journée comme aujourd'hui me fait vieillir de dix ans.

Elle lui posa la main sur l'épaule.

— Ça ira mieux demain.

— Je le sais bien. Mais on ne se fait jamais à ce genre de chose.

Il lui raconta par le détail sa rencontre avec la coiffeuse. Rentrée en début de soirée de Lorient, elle avait vainement attendu Norbert qui devait arriver vers vingt et une heures. L'inquiétude, puis l'angoisse l'avaient rapidement saisie, sans qu'elle sache qui contacter, Le Flohic, qu'elle ne connaissait guère, n'ayant pas le téléphone.

— Anne-Marie Le Goff est sur liste rouge, précisa Arthur.

Après une nuit blanche et redoutant le pire, la

jeune femme cependant n'avait pas voulu appeler l'entreprise ce matin-là, attendant, comme à chaque fois, que ce soit Norbert qui l'appelle.

— En entrant dans l'immeuble j'ai croisé une ado qui partait au collège. Je suis sûr que c'était sa fille, la ressemblance est frappante. Pauvre gamine ! soupira Arthur.

De telles situations étaient, hélas, monnaie courante, et il avait sans doutes assisté à tous les types de réactions qui accompagnent ce genre de nouvelle : crise de nerfs, état de choc, malaise.

Quand il avait sonné à la porte et que, derrière l'entrebâilleur une voix avait demandé qui était là, Arthur savait qu'elle avait déjà compris :

— Capitaine Blanchard de la police, madame Le Dantec. Pouvez-vous me laisser entrer ?

Il lui avait présenté sa carte barrée tricolore.

— La police ! Mon Dieu… c'est Norbert… il…

Elle dégagea l'entrebâilleur.

Sylvie Le Dantec était une femme brune d'une quarantaine d'années, plutôt jolie, vêtue d'un jean délavé et d'un chandail trop large pour elle. Son teint pâle, son visage défait, ses yeux pleins d'une immense inquiétude, dénotaient la torture d'une nuit sans sommeil.

— Que se passe-t-il ? Qu'est-il arrivé à Norbert ? Dites-moi la vérité.

Arthur grimaça. Il savait qu'il n'était pas nécessaire de choisir des voies détournées :

— Monsieur Le Gall est mort.

Elle poussa un petit cri, comme un oiseau blessé :

— Mort… je le savais… je le savais… Norbert…

Elle s'appuya le dos au mur du couloir et se laissa glisser en gémissant. Arthur attendit de longues minutes qu'elle lève ses yeux rougis vers lui.

— Norbert… mort… Mais comment ?… Un accident de chasse ?… De voiture ?…

Avalant péniblement sa salive, un nœud à l'estomac, Arthur souffla :

— Monsieur Le Gall a été assassiné.

Elle le fixa, l'air terrorisé. Comme si elle ne comprenait pas les mots prononcés par Arthur elle les répéta d'une voix aux accents douloureux :

— Assassiné… Assassiné…

Puis elle éclata en sanglots. Il fallut longtemps pour que Sylvie Le Dantec reprenne enfin une partie de ses esprits. Arthur l'avait aidée à se lever puis à s'asseoir sur un fauteuil de la salle de séjour. Il remarqua sur la bibliothèque une photo où Le Gall figurait entre Sylvie et sa fille. Tous trois riaient de bonheur.

Sonnée comme après un immense *knock out*, Sylvie ne parvenait plus à reprendre son souffle. Sa bouche, aux lèvres livides, s'ouvrait et se refermait mécaniquement sur un appel d'air qui ne venait pas. Elle parvint à se calmer, puis pleura longuement comme un animal blessé.

— Norbert... Norbert... Pauvre Caroline... gémit-elle.

Arthur était déchiré. Quand elle fut un peu apaisée, il put enfin, avec toutes les précautions, lui expliquer ce qui s'était passé. Broyée par le drame et le cauchemar qui s'emparaient de son esprit, au bord de la déraison, Sylvie observa un long silence.

— Pour Caroline... il faut... il faut que je me... hoqueta-t-elle.

Après un nouveau silence elle se remit à pleurer, et, entre ses sanglots, déclara :

— C'est Alexis. Je suis certaine que c'est lui...

Arthur s'étonna :

— Alexis ? Qui est-ce ?

— Mon... ex-mari... il... J'ai repris mon nom de jeune fille... je...

Arthur apprit ainsi qu'Alexis Brézéhan, avait, un an plus tôt, eu maille à partir avec le mareyeur. Un soir où elle sortait tard de son salon, Brézéhan l'attendait, masqué par l'ombre d'une encoignure de porche. Il l'avait saisie aux épaules et violemment secouée.

Ce qu'ignorait Brézéhan c'est que Norbert, assis dans sa voiture, attendait lui aussi, patiemment, la sortie de son amie. Son sang n'avait fait qu'un tour et, une seconde plus tard, il frappait d'une série de solides coups de poings au visage, l'homme qui pourtant lui rendait une tête.

Sonné pour le compte, les yeux pochés, une lèvre ouverte, Alexis Brézéhan s'affaissa sur le trottoir.

— Tu l'approches encore et je te tue !... avait menacé Norbert en lui bottant le flanc à plusieurs reprise, devant un petit attroupement de passants effarés.

Péniblement, le souffle court, sans demander son compte, Brézéhan s'était relevé en grommelant :

— J'aurai ta peau... fumier...

Norbert avait voulu le frapper une nouvelle fois, mais Sylvie, tremblante, s'était interposée :

— Non, laisse-le. Je crois qu'il a compris.

Titubant, Alexis Brézéhan s'était fondu dans l'ombre, proférant de nouvelles menaces.

Alors, ce jour-là, malgré sa peine, Sylvie avait tout expliqué à Arthur : Brézéhan, son ex-mari, un cadre technique devenu alcoolique, réputé pour sa violence, avait été licencié pour coups et blessures sur un salarié. Depuis, à sa connaissance, il ne s'était guère amélioré.

— Il m'a souvent battue et il a même... frappé la petite... J'aurais dû le quitter depuis longtemps... aujourd'hui c'est...

Sa bouche aux lèvres livides laissait échapper un souffle douloureux.

— Un soir, il était saoul, il a sonné à la porte... J'avais une cliente assez tard... je n'étais pas encore rentrée du salon… Caroline était seule… Il voulait entrer. Elle a menacé d'appeler les voisins pour qu'il s'en aille…

Arthur imaginait bien la scène.

— L'avez-vous vu depuis ? demanda-t-il.

— Non… il avait peur de Norbert… Mais quand il est ivre il est capable de tout…

Un long silence s'installa durant lequel, prostrée, la coiffeuse semblait vouloir échapper à la réalité. Mais rien n'y faisait et des images insoutenables lui couraient devant les yeux.

— J'ai menti à Caroline… dit-elle soudain, je lui ai dit que Norbert avait eu un… empêchement… Mon Dieu, si j'avais pu savoir…

Et elle se remit à pleurer. Arthur, ému et mal à l'aise face à tant de détresse, avait une tâche bien difficile à remplir.

— Que s'est-il passé depuis la rencontre entre monsieur Le Gall et votre…

— Mon ex-mari ? Rien… Il n'est plus revenu… Il vit à Brest… Je crois… Je ne sais pas…

Elle tenta, à travers les douloureuses bribes de souvenirs de son divorce, de remettre un peu d'ordre dans sa mémoire. Elle raconta les coups de téléphone nocturnes de Brézéhan, ses menaces d'ivrogne, le hasard de sa rencontre avec Norbert, la sérénité retrouvée, le bonheur de Caroline.

De longs silences et des sanglots entrecoupaient

ses déclarations.

Quand il quitta la coiffeuse, Arthur ne parvint pas à chasser un grand trouble de son esprit. Sa vie professionnelle était ainsi parsemée de drames, de vies détruites, d'amours désenchantées. Il fallait avoir la foi solidement accrochée au cœur pour faire ce métier difficile, souvent ingrat, où la gloire n'était jamais celle si facilement accordée aux héros de romans. Dans ce monde en fusion, où la violence native de l'homme savait immanquablement trouver ses sources, la mort brutale n'était, hélas, qu'un élément du décor quotidien. Aujourd'hui Le Gall, demain, après-demain un autre... Le hasard et le destin s'unissaient trop souvent dans de tragiques épousailles qui ne laissaient guère de chances au rêve. Arthur y réfléchit longuement sur le trajet de retour.

*

* *

La présence de Sarah le réconfortait. Il respira très fort :

— Et toi, de ton côté ? demanda-t-il.

Elle lui raconta son entrevue avec Hascoat :

— On va voir Quemeneur. Je t'offre un pot au Café du port, avait-elle dit.

Il était tard déjà, et le bar se vidait lentement. Du port de pêche au Café du Port, il y avait, tendu dans le vide, un invisible lien ombilical auquel on s'amarrait naturellement. La mer et les bistrots ont toujours entretenu des relations intimes, fracassantes parfois, jamais inintéressantes. Derrière eux des raclements de chaises, des regards furtifs, un « les flics ! », un verre que l'on pousse, le courant d'air s'engouffrant dans la porte un instant entrouverte, annonçaient le moment de partir. Il était l'heure. L'heure de la soupe, de la rencontre quotidienne avec les jeux télévisés, l'heure des informations, ou alors celle de la solitude, celle du rendez-vous avec soi-même. Le bistrot se vidait lentement.

Abel Quemeneur était immédiatement venu vers eux.

— Je savais que vous viendriez... avait-il dit en leur serrant la main, les invitant à s'asseoir à une table.

C'était un grand type roux, légèrement prognathe, aux mains larges comme des assiettes et aux favoris fournis inspirés des modes d'un autre siècle. Les provocateurs de bistrot devaient être mal venus face à ce phénomène naturellement bâti en athlète, et qui, curieusement, offrait une singulière ressemblance avec Eugène Sandow, le célèbre *sportman* de force anglais, inventeur des élastiques du même nom.

— Ma femme et moi étions à Nantes depuis vendredi après-midi, avait dit Abel, tout de go. Notre fille va se marier bientôt et nous avions rendez-vous dans la future belle-famille. C'est l'employée qui a tenu le bar durant notre absence.

Ils avaient longuement parlé. Avec précision, il leur avait raconté son histoire, celle de son père, qui s'était donné la mort, victime de la honte insupportable d'être racheté par Le Gall.

Abel avait poursuivi :

— J'aurais dû en vouloir à jamais à Norbert, mais il n'était pas responsable de ce qui est arrivé. Si mon père s'est suicidé ce n'est pas à cause de lui. C'est lui qui m'avait acheté ce bar. D'ailleurs, il n'avait pas voulu que je travaille dans la marée. A l'entendre, il valait mieux être fonctionnaire.

— Etiez-vous au courant des problèmes de votre père ? demanda Sarah.

— Bien sûr, comme tout le monde. Chacun ici savait qu'il avait fait de mauvaises affaires avec des mandataires. C'est un métier où l'argent se perd très facilement.

— Et malgré cela, Le Gall reprenait l'entreprise ?

Abel soupira :

— Il avait des moyens que mon père n'a jamais eu. Norbert est... était un véritable homme d'affaire, mon père était un petit marchand de poissons égaré dans un monde qui n'était pas fait pour lui. C'est ce qui l'a perdu.

Le regard dans le vide, Abel Quemeneur regardait au-delà des murs de son café. Le « spleen », cette dangereuse machine à remonter le temps le faisait voyager dans un monde qu'il n'aimait pas. Des images atroces lui déchiraient l'âme. Il se souvenait de cet horrible coup de téléphone, de la voix affolée de sa femme : « Viens vite… ton père… ». Le reste n'était qu'un cauchemar.

— Aujourd'hui je n'aime pas la vie, fit-il de sa voix rauque, cassée par le chagrin.

Ils étaient seuls dans le bistrot, désormais. Les derniers clients avaient plié bagage, et certains, ceux qui venaient ici pour oublier on ne sait quoi ou échapper à on ne sait quelle frayeur intime, livraient déjà leur ivresse aux aléas de la nuit. Libérés de leur angoisse, soulevés de terre, tenus en état d'apesanteur, ils voguaient pour quelques heures sur les limites imprécises qui liaient leur sommeil au rêve et à l'illusion, termes d'un rituel aux incantations sans fioritures.

La vie dans le bistrot n'obéissait à aucune des exigences habituelles de l'existence. On venait ici aussi bien pour une rencontre amicale que pour un moment d'oubli, un moment de bonheur ou de rupture, une cicatrice à guérir chaque jour, une fuite de la réalité, un encadrement informel des moments de la vie. Pour beaucoup, le bar était un relais naturel, une étape logique de la journée, un dernier salut à l'amitié, au jour et à la vie. Pourtant de nombreux hommes y avaient gagné leur statut d'épave, leurs galons d'ivrognes, mais l'excuse du comptoir ne suffisait pas à l'explication. Les pistes de la vie étaient diverses, dont celles qui ne pouvaient échapper aux voies de l'autodestruction, ce suicide psychologique que l'inconscient cherche dans les effets salvateurs de l'alcool. L'âme se faufilait entre les verres, suivait les méandres compliqués des fumées de cigarettes, humait les apéritifs anisés, l'odeur douceâtre de feuilles écrasées des alcools du vin cuit, l'âcreté du ballon de rouge, le parfum d'humus des bières.

Abel semblait fixer une toile d'araignée piégeant des insectes sur un lustre en cuivre de marine.

— Si j'avais été sûr que Le Gall était responsable de la mort de mon père je l'aurais tué, sans hésiter. Mais il n'avait rien à voir là-dedans, rien du tout. C'était son tour pour l'Ankou, c'est tout.

Le verre roulait entre ses doigts de géant, son galbe épousant la lumière des lampes du bistrot dans l'achèvement d'une brève rencontre de reflets et d'éclats mats. Trop désespéré pour vouloir aimer la vie, Goulven Quemeneur n'avait pas su regarder de l'autre côté du miroir. Il avait préféré fuir, très loin.

— Il s'asseyait toujours à cette table. On pouvait se parler, dit Abel.

Comme s'ils avaient cherché à retrouver les images perdues, ses yeux fixèrent intensément la petite table banale où trônait un cendrier publicitaire. Il s'apprêta à ajouter quelque chose, hésita, puis leva son verre :

— Mon père n'aurait pas dû faire ça. Allez *Yeched'mad*, bonne santé.

Sarah et Arthur le quittèrent vers vingt et une heures. La nuit était là depuis longtemps, installée sur la rue et sur le port. Il remontèrent lentement vers la voiture :

— Qu'en penses-tu ? questionna Sarah.

Arthur était dubitatif. Plus de vingt ans de métier l'avaient mis face aux situations les plus inimaginables et un innocent présumé pouvait très bien s'avérer le plus crapuleux des coupables. Des alibis de béton se fissuraient parfois, révélant aussi bien des faux témoignages que des plans machiavéliques. Combien de fois des familles, apparemment déchirées, n'avaient-elles fait bloc dans des circonstances extrêmes ?

Arthur possédait un extraordinaire *feeling*, celui que donne l'expérience et qui fait toujours douter de l'évidence.

— A première vue, quand on regarde le colosse, il n'aurait pas eu besoin d'une arme pour tuer Le Gall, répondit-il.

— Et alors ?

— Alors, on va vérifier s'il était vraiment à Nantes cette fin de semaine.

*

* *

Dans tout le canton la journée entière fut consacrée à l'événement. La mort de Le Gall, dont certains savaient déjà qu'il avait été abattu d'une décharge de chevrotine dans la tête, déliait les langues. Chacun apportait son lot de commentaires, et, les choses furent rapidement entendues : c'était du travail de professionnel.

Les lecteurs de séries de romans du type *Elimination*, en spécialistes avertis, y reconnaissait un coup de « lupara », cette cartouche meurtrière tirée au fusil à canon scié, utilisé par la Maffia pour ses exécutions rituelles. Ici, l'explication aurait pu faire sourire.

Deux ans auparavant pourtant, une enquête policière avait révélé qu'un lotissement privé avait des origines douteuses. L'événement avait fait quelque bruit. On avait évoqué une opération de blanchiment d'argent de la drogue, le nom de la Maffia avait été cité dans la presse locale puis, curieusement, l'affaire avait été oubliée.

Alors, aujourd'hui, les langues se déliaient, et on évoquait les relations de Le Gall avec le reste du monde. On parlait de Colombie, de Chili, des pays lointains avec lesquels il travaillait. Chacun ici avait vu circuler sur le port des voitures de luxe, aux numéros étrangers à la région. On parlait de notes royales de restaurant, de fêtes, d'argent.

Certains n'allaient-ils pas déjà examiner des bateaux du port de plaisance, « trop grands pour le coin », et les commentaires allaient bon train :

— Celui-là doit bien coûter deux cents millions...

— Trois cents peut-être ?

— Aussi cher qu'un chalutier !

— Et pour faire quoi... ?

— Pêcher trois maquereaux... et aller dormir aux Glénan ?

Tout cela ne regardait personne, bien entendu, mais n'interdisait pas la curiosité naturelle ! Alors les rumeurs couraient, le doute s'installait, insidieux, malsain. D'aucuns évoquaient d'anciennes affaires louches, des bruits de coursive qui parlaient de trafic de drogue, d'étranges sachets retrouvés sur la plage.

Certains s'inquiétaient de ce qu'ils appelaient un « véritable trafic d'armes » que couvrait la loi du silence. Ils affirmaient que de nombreux pistolets à grenaille vendus avant la réglementation étaient depuis longtemps transformés en armes mortelles. Selon eux, il aurait suffi d'un vieux tour de mécanicien, de quelques forets appropriés, d'une « patte » de bricoleur, pour transformer un pistolet d'alarme en redoutable automatique.

Depuis quatre ou cinq ans, une faune étrange s'était installée dans la région, indéfinissable, insaisissable. Des zombies équilibristes, funambules de la vie habituellement chassés dans leurs ghettos par les fumées des villes, atterrissaient ici, venus d'étranges « nulle part. » Ils arrivaient un jour, émergeant du hasard, s'installant pour deux jours ou pour des semaines, clochards sans issue, conquérants d'un vaste inutile qui les dévorait chaque jour un peu plus. Nomades, loueurs de chambres à durée indéterminée, ils disparaissaient aussi mystérieusement qu'ils étaient venus.

*

* *

Alors, toute la semaine, chacun cherchant à comprendre, le port connut une fréquentation inhabituelle. Des groupes de curieux nécrophages se heurtaient aux barrières interdisant l'accès au lieu du crime. Chaque événement tragique attirait ce type de visiteurs morbides qui auraient voulu voir le macchabée, sinon le découvrir et figurer enfin dans le journal local. Ceux-là rêvaient de célébrité malsaine, se délectant de la misère humaine !

Eléments d'un étonnant troupeau de dévoreurs de cadavres, ils s'arrêtaient devant les accidents de la circulation, fascinés par le drame, voulant contempler « le » mort, cherchant les traces de sang, revenant sur les lieux des plus grandes catastrophes, humant, les naseaux frémissants, les ultimes odeurs de la tragédie. Quelque temps auparavant, à l'occasion de l'ouverture d'une nouvelle prison, l'Administration pénitentiaire avait trouvé judicieux d'organiser une journée porte ouverte, soucieuse qu'elle était de faire découvrir au contribuable les conditions de vie des internés.

Et un troupeau infâme de plusieurs milliers de personnes, mateurs toujours disponibles des accidents de la vie, s'était précipité pour une détente dominicale hors du commun. Comme des asticots sur une charogne pourrie, ils s'étaient gavés d'images, de barreaux d'acier, de confort, de cellules, de couloirs, d'échos métalliques, de serrures électriques. Fascinés par le mythe du taulard, ils en oubliaient qu'une prison n'est pas un hall de gare ou un salon d'exposition. Ils visitaient cette froide salle d'attente ouverte sur un futur incertain, comme on découvre un nouveau grand magasin. Tenant leurs enfants par la main, des parents, des grands-parents, avaient suivi le guide, se faisant expliquer les formules de levée d'écrou, de fouille au corps, comme on se renseigne sur le prochain départ pour Ibiza.

Alors, les hommes en liberté se repaissaient de la détresse humaine avec la même indifférence que celle qu'ils accordaient aux images éphémères de leurs informations télévisées.

Ils n'espéraient qu'une chose, qu'un hôpital ouvre au public son service des cancéreux ou sa morgue, pour porter encore plus loin leurs regards de citoyens représentatifs sur les excroissances les plus dramatiques de la vie.

III

Dans cette étonnante société maritime, née des premiers accouchements du siècle, une minorité de pionniers avait fondé la structure des temps modernes. Hommes poussés par la nécessité, visionnaires ou esprits habiles, ils avaient su, au moment opportun, devenir une des dents de cet engrenage qui, depuis, manœuvrait la machinerie. Ils étaient venus de tous les milieux. Certains avaient sombré corps et biens, d'autres avaient survécu, d'autres encore s'étaient déchirés et l'histoire avait fait le tri, sans se soucier de savoir qui étaient les bons et les mauvais car ne survivaient que les plus forts. Chaque port avait créé sa microsociété d'entrepreneurs, de dirigeants, de propriétaires. Ils s'étaient faits au hasard de la vie, certains sans le vouloir, heureux « premiers » de concours de circonstances si chers au destin.

Norbert Le Gall était de ceux-là. Sa mort était horrible, mais sa vie avait été une belle réussite, la démonstration de ce que peut faire, en trente ans, un homme doté d'une force de caractère hors norme.

Embarqué à 15 ans sur le *Notre-Dame de Bretagne*, un Malamock, un de ces bateaux mythiques nés de l'aventure pionnière des marins de la région, Norbert avait mis son corps à rude épreuve. Sur la carcasse de chêne où il avait posé son sac, les hommes avaient les mœurs rudes, la parole rare, le coup de casquette facile. Ils étaient rustiques, rugueux, forts, sauvages parfois, indestructibles souvent.

Norbert apprit à supporter le mal de mer, à maîtriser la peur de la mer, à transformer le sens du courage en fonction instinctive.

La mer, ici, ne laissait pas de place au rêve ou aux images sur papier glacé. La mer était cette magicienne qui lit l'avenir dans les tripes de ceux qui la défie, les cloue au pilori de la souffrance, les réduit à néant, les flatte ou les ignore.

Comme beaucoup, Norbert aurait voulu s'engager dans la « Royale », la Marine Nationale, mais une tuberculose le cloua au lit à la veille de ses dix-neuf ans. Huit mois de sanatorium lui fermèrent les portes de la Marine et l'éloignèrent à jamais du pompon rouge, de Brest et de la porte Cafarelli, de la rue de Siam, de Recouvrance, des prostituées du quartier chaud de Chicago à Toulon.

Devant une radio des poumons ouverte sur des plaies inquiétantes, le médecin de Marine signa immédiatement la réforme, conseillant à Norbert de trouver un travail à terre, de ne plus faire d'efforts et de cesser de respirer. Son avenir se présentait mal, le médecin lui ayant avoué que sa durée de vie était directement proportionnelle à l'effort fourni. Il avait une solution : finir au fond d'une boutique poussiéreuse où il compterait les brouettes ou les paquets de clous. Sa condamnation à une vie d'épicier lui déchira l'esprit. Il aurait préféré un arrêt de mort, mais la Faculté lui donnait un droit d'accès à la vie entière… pour peu qu'il en accepte la médiocrité. Il décida de la refuser.

Après quelques métiers ennuyeux, il s'installa à son compte comme poissonnier ambulant.

Dans les années soixante, Norbert sillonnait la campagne à bord d'un antique fourgon Citroën gris d'occasion, une caisse de tôle ondulée boulonnée à un moteur poussif. Des centaines de kilomètres parcourus sur des routes oubliées des cantonniers des *Ponts-et-Fossés* avaient achevé les amortisseurs, déglingué la carrosserie, oxydé les ailes, démantibulé le capot. La mécanique ronflait comme celle d'un avion, s'emportant parfois dans des délires d'arbres à cames et de vilebrequins torturés, de pistons malades, de soupapes usées. Sur les cadrans du tableau de bord, les deux indicateurs défectueux de vitesse et de remplissage du réservoir avaient rendu l'âme depuis longtemps, et Norbert jaugeait son niveau d'essence avec une baguette de bois. Quant à la vitesse…

Norbert découvrit qu'il était de la race de ceux que

rien ne fait jamais plier. Coriace, dur à cuire, têtu et borné, il avait, une fois pour toutes, décidé de réussir sa vie, suspendre cette réussite au mur de sa maison comme on y cloue un massacre de sanglier. C'était pour lui l'aboutissement, l'accomplissement d'une justice, le but logique d'un cheminement entamé dans le ventre maternel. Abruptement accroché à son idée, il menait chaque journée comme un véritable combat, une lutte contre le temps, une agression violente contre la fatalité. Les hasards de la fécondation, la vie en avait fait un être anonyme, alors il avait décidé de lutter contre son destin, désirant à tout prix la liberté que donne le pouvoir, l'indépendance que procure l'argent.

Durant ses années de marchand ambulant, de longs coups de trompe enrouée avaient annoncé sa venue dans les bourgs, dans les cours de fermes, sur les places de marchés. Il avait exploré tous les chemins vicinaux, toutes les places d'églises, courtisant les vieilles bonnes de curés, ces *carabassens* qui n'existent qu'en Bretagne. Ces personnes que l'on disait volontiers farouches étaient, sur le plan matériel, l'âme des presbytères de campagne. Elles étaient femmes de devoir et traditionnellement garantes de la vertu des prêtres. Prudes et revêches… mais incomparables, fabuleuses cuisinières ! Elles assuraient la bonne chère sans se soucier par ailleurs des canons de l'élégance.

*

* *

Inlassablement, insatiablement, Norbert avait mené sa quête du Graal, un rite initiatique simple, sans modalités chevaleresques. A défaut d'adoubement, il eut à subir les routes cabossées, les hivers ruisselants de pluies glaciales, les engelures aux mains et aux pieds, la brume pénétrante des matins de février, les écorchures sur les angles de portières, les soleils d'été qui transforment la cabine de tôle en four de boulanger. Durant des années, son sourire un peu forcé posé au coin des lèvres tel un mégot possessif, il n'avait vécu que pour ces kilomètres épuisants et ces quelques kilos de poissons entreposés dans leurs caisses de bois.

Alors, Norbert avait tiré une énorme fierté de cette existence vorace, de cette vie où il aurait dû s'engloutir. Le passé, encore si proche, le marquait intensément et il en voulait à tous ceux qui l'avaient enterré mille fois, ces concurrents d'autrefois qui le vénéraient aujourd'hui, tout en guettant un éventuel faux-pas de sa part.

Le jour où il rangea définitivement son fourgon de tôle, posant le pied sur le sol de ciment à peine nivelé de son premier atelier de mareyeur, Norbert sentit qu'un événement important venait de se passer. Rien ne l'arrêterait plus désormais. Il changeait de statut.

Le nomade devenait sédentaire, mais ce n'était pas là sa plus grande satisfaction. Il avait maintenant ouvert une brèche dans la vie des autres, sans que personne ne puisse l'en empêcher ! Il comptait désormais dans la vie locale.

Il avait son nom sur une pancarte, le téléphone, du papier à lettres. Norbert avait rapidement dû embaucher un comptable, Philibert Guillermic, un ancien maître fourrier de la Royale, un des ces employés de bureaux chafouins et pointilleux, conservateurs de plumes sergent-major. Celui-là, célibataire, chauve, avare, routinier, encaisseur d'assurances le soir, pointait chaque matin à sept heures trente. Guillermic avait la plume précise et rigoureuse et son lié-délié révélait l'artiste. Manipulée par ses mains à la peau blanche piquetée de roux, l'activité de Le Gall avait pris la forme de colonnes, de zéros, de sous-totaux, de cumuls, de bilans et d'inventaires. Il tenait la comptabilité la plus précise que l'on puisse imaginer. Alignés en colonnes, les chiffres d'encre violette descendaient en rangs serrés le long des pages calligraphiées comme des mémoires de docteurs d'université. Exerçant une gymnastique quotidienne indispensable, Guillermic pratiquait chaque matin la lecture à haute voix de ses écritures du jour précédent, sans jamais y trouver la moindre erreur. Il était d'une précision phénoménale. La virgule était pour lui un engagement presque religieux, le point un acte de foi, le « souligné » une conclusion incontestable. Comptable hors pair, Philibert Guillermic décéda, il y a bien longtemps, victime d'un calcul au cœur.

Durant toutes ces années, la région avait vécu une extraordinaire crise de croissance. L'ascension de Norbert fut fulgurante. En moins de dix ans, plus carnassier que joueur, lui qui ne faisait jamais rien comme les autres, rafla presque toutes les mises. Il riait au nez de ceux qui se plaignaient, écrasait les vantards, ignorait les médiocres. De taille moyenne, frisé, râblé, nerveux, souvent agressif et provocateur, il n'avait jamais hésité à faire le coup de poing. Quant à la nostalgie ou aux états d'âme, il laissait aux rêveurs le loisir de s'y consacrer.

Et pourtant, l'illusion était constante et guettait aux portes dans ce métier où se brassaient d'énormes masses d'argent. Aux mirages succédait souvent l'écroulement, fruit de mauvaises affaires chez les mandataires des halles de Paris, de Nantes, de Lyon ou d'ailleurs. Alors, malheur au vaincu qui se noyait comme on naît, hurlant et nu comme un ver. Depuis quelques années en effet, les affaires n'allaient plus aussi bien. Signe des temps révélateur, de nombreux petits mareyeurs installés depuis vingt ans auraient aimé voir leurs enfants devenir fonctionnaires.

Norbert, quant à lui, s'était dessiné un territoire à la mesure de ses rêves. Seule concession aux souvenirs, il s'accordait parfois, mais sans nostalgie, juste avec un esprit de revanche, quelques retours en arrière sur son enfance, celle de l'école primaire, du certificat d'études. Des mots lui revenaient en mémoire, des sourires moqueurs, des allusions, des inquisitions destructrices remontant à son enfance :

— C'est qui ton père ?

La question l'avait harcelé longtemps, jusqu'à ce qu'il comprenne vraiment ce qu'elle voulait dire. Qu'était-ce en réalité ? De la méchanceté d'enfant ou un écho malsain des conversations entre grandes personnes ?

Jusqu'à ses douze ans, Norbert avait porté en silence le poids d'une honte qu'on lui imposait et qu'il ne comprenait pas. A quinze ans la phrase le brûlait comme une insulte posée par un fer rougi au feu, et il aurait alors voulu tuer tous ces crétins qui s'étaient moqués de sa mère, leur faire cracher leur bêtise.

Il était juste né d'un mauvais hasard ; une histoire de bourgeois, de maître, de grande passion, d'un accident d'affection sur des parcours différents dans la vie. Il ne s'agissait même pas d'une véritable aventure, mais d'un acte banal, d'un petit drame mille fois répété. Les amours ancillaires connaissent rarement de grands aboutissements et le « polichinelle dans le tiroir » scelle depuis si longtemps tant d'unions sans lendemains…

Alors, Norbert s'appelait Le Gall, comme sa mère,

à laquelle il ne ressemblait pas. Elle était grande, il était trapu, elle était fine, il avait les traits épais. Le visage ovale de Victorine Le Gall et la face butée de son fils n'avaient, hélas, aucun trait commun. Elle était belle, lui avait le regard ombrageux et noir de terre que l'on rencontre derrière le rempart broussailleux de sourcils siciliens. C'était aussi un des drames de sa vie : il ne ressemblait pas à sa mère. Comme son père n'existait pas, qu'elle n'avait jamais voulu lui en parler, même bien plus tard, même peu avant sa mort, Norbert avait toujours vécu une étrange solitude, celle de n'appartenir à aucune famille. Les vieux sans doute avaient su, mais ce que l'on chuchotait ne se disait pas devant un enfant. Alors il restait le doute, la malveillance, les commérages. Ceux-ci s'étaient taris au fil des années, mais Norbert n'avait pas oublié. Il avait réglé bien des comptes, il lui en restait encore à régler.

En moins d'une génération, Le Gall était devenu un demi-dieu employant plus de quatre cents personnes dans ses différentes unités. Ses réseaux de distribution fonctionnaient dans toute l'Europe et, il était un des plus gros négociant en poisson et en crustacés de Bretagne. Mais, quand la région bougeait, on le mettait immédiatement à l'index, l'accusant de manger le pain des marins, de faire vivre les Chinois et les Argentins sur le dos des Bretons. Lors des dernières manifestations de pêcheurs la tension était forte dans la région. Un groupe de marins, après avoir bousculé les employés de l'un des entrepôts de Le Gall, avait investi le siège social de la Smob. Quelques hommes particulièrement excités s'en étaient pris à Norbert, tentant de le frapper à coups de poings. Alors, ravageur comme un ouragan, Le Flohic, un manche de pelle à la main, était immédiatement intervenu. Il avait frappé vite, fort, touchant les points les plus sensibles, faisant le vide devant lui. L'arrivée des forces de l'ordre mit fin à l'affrontement qui menaçait de dégénérer :

— Si l'un de vous touche encore à mon entreprise je mets le feu à son bateau.

*

* *

Norbert Le Gall se refusait à tout compromis et il n'admettait qu'une règle de vie, la sienne. Il ne s'était jamais attribué d'ambitions de grand penseur, encore moins ne s'était-il jamais considéré comme un modèle.

Abrupt comme on est brutal, il criait aux politiques et aux brasseurs de vent :

— Avec tous vos discours, vous allez créer combien de boulots ?

Il détestait les notables, son pouvoir actuel seul l'élevant au rang de personnalité. Sa fortune assurée,

Norbert n'ignorait pas que son statut social n'était qu'un leurre et qu'il payerait longtemps le poids de ses origines.

Rustique, revendiquant sa condition comme un titre de fierté, il avait trouvé en François Le Flohic, son homme de confiance, l'ami qu'il avait si longtemps cherché et qui était devenu son ombre, sa deuxième peau. Né en 1940 à Morlaix, Le Flohic n'avait pas suivi les traces de ses parents, autrefois bouchers-charcutiers, rue Borgnis-Desbordes à Morlaix. Entré très jeune chez les parachutistes de l'infanterie de marine, il avait beaucoup baroudé avant de quitter la prestigieuse Coloniale et ses Marsouins* avec le grade d'adjudant-chef. Sa carrière, durant laquelle il avait servi comme le voulait la tradition « avec Honneur et Fidélité » l'avait conduit de campagne en campagne, du Tchad au Centrafrique, du Liban au Sénégal… Norbert et lui s'étaient rencontrés une dizaine d'années auparavant, alors que, jeune retraité de l'armée, Le Flohic cherchait un emploi de contremaître ou de chef d'équipe dans une entreprise régionale. Le Gall, qui jusqu'alors ne vivait que de travail, d'aventures amoureuses ou de solitude, avait trouvé en François Le Flohic l'homme qu'il lui fallait : son double.

---

*Nom historiquement donné à l'Infanterie de Marine et à ses membres.

IV

Le Guilvinec.

Quelques jours plus tard, après de nouvelles investigations sur place, Sarah Christmas avait, une fois encore, rendez-vous avec Le Flohic. L'écheveau compliqué du monde bâti par Le Gall était, pour sa partie économique, entre les mains d'enquêteurs spécialisés, qui épluchaient les comptes.

Mené d'une main de maître durant des années, l'empire du mareyeur se trouvait aujourd'hui dans une situation complexe. Si la vie de la société avait repris, l'avenir demeurait incertain et les informations ne filtraient guère vers les employés. Une situation que dénonçait quotidiennement, avec sa fougue habituelle, Hippolyte Hascoat. Et puis, tant de personnes avaient eu maille à partir avec Le Gall, qu'il aurait bien pu, comme l'affirmait Arthur « ...mourir sous les coups d'une bande de coléreux associés ! ».

Sarah gara sa voiture sur le parking de l'avenue du Port. Plusieurs pensées lui occupaient l'esprit, dont une information importante reçue deux jours auparavant : parmi les empreintes des familiers relevées dans l'entrée du bâtiment et dans le bureau du mareyeur, deux séries d'entre elles, différentes, avaient dès le début intrigué les enquêteurs. Deux personnes au moins s'étaient introduites dans les lieux par la porte de derrière, dont l'une avait maladroitement tenté d'effacer ses traces !

Les enquêteurs avaient rapidement identifié les empreintes, les visiteurs en question ayant déjà eu à faire à la justice. Alexis Brézéhan, l'ex-mari de Sylvie Le Dantec, était l'un d'entre eux !

Des traces de sable sur le sol également, hâtivement brossées comme si là aussi on avait cherché à les faire disparaître, avaient alerté les enquêteurs. Depuis la déposition de Sylvie Le Dantec d'ailleurs, son ex-mari demeurait introuvable ! Le studio qu'il louait à une agence et où il vivait seul, dans le quartier de Recouvrance, à Brest, était vide, comme si son propriétaire s'était à jamais volatilisé !

Quant à l'autre visiteur inconnu, les policiers retrouvèrent son identité grâce à de belles marques de chaussures, au pied des escaliers de la porte arrière. Des marques dont la densité rappelait le piétinement d'un étonnant va et vient ! L'analyse permit assez aisément de retrouver l'origine de la terre, un peu particulière pour la région, celle d'un type de glaise venant d'une carrière depuis longtemps inexploitée.

Là, dans un *pen-ty** aux restes vacillants et moisis bricolés à la diable, vivait Lucien Kerlouet, un ancien marin d'une cinquantaine d'années qui, vingt ans auparavant, victime d'un désastre sentimental et financier, avait dû vendre son chalutier et sa maison, sombrant dans la marginalité. Facilement appréhendé, il ne fit aucune difficulté à reconnaître sa présence à la Smob ce soir-là.

— C'est vrai, je suis venu, mais je n'ai pas fait le coup, affirma-t-il. D'habitude, quand j'arrivais à cette heure-là, Norbert était déjà parti ou alors il faisait son tour d'inspection dans l'usine.

— D'habitude ? s'étonna Sarah.

— Eh bien… Oui. Je venais de temps en temps « faire les frigos » de la salle de réception. On recevait beaucoup de gens là-bas. Il restait toujours des bouteilles, du saucisson ou de la mangeaille à récupérer. Vous savez tous ces trucs à la mayonnaise. J'adore ça ! Ça ne se voyait pas. C'était facile.

Traînant souvent sur le port à la nuit tombée, Lucien avait remarqué qu'une fois Le Flohic et Anne-Marie partis, Le Gall travaillait souvent très tard dans son bureau.

— Un jour Norbert est allé jusqu'à son parking derrière l'usine. Il avait laissé son trousseau de clés dans la porte. Il y en avait deux identiques…

* Littéralement « bout de maison ». Employé depuis le boom immobilier des années soixante pour désigner une demeure bretonne typée.

— Et vous en avez volé une !

La bouche semi-édentée de Lucien sifflait les phrases plus qu'elle ne les prononçait. Son visage buriné, cabossé, aux petits yeux cernés de rides sales, reflétaient assez fidèlement ce qu'avait dû être son parcours dans l'existence.

— Volé ! Pas vraiment. Vous savez, il avait de la fortune Norbert ! Il n'était pas à ça près.

Alors, depuis plus de deux ans, au fil des opportunités découlant de ses observations, Lucien Kerlouet venait, comme il l'avouait en souriant, « faire les frigos ».

— Tout ça n'était pas bien grave, jugea-t-il.

Il toussota, et, l'air gêné, ajouta :

— C'était surtout les femmes…

— Les femmes ?

— Celles qui venaient le soir rejoindre Norbert. Mais je ne sais pas si je peux vous raconter ça ! C'était un peu malhonnête leur affaire… c'est-à-dire que… dans l'usine… Norbert… Je les voyais par une des petites fenêtres… Pendant ce temps-là je pouvais « taper » dans le frigo. Je partais avant qu'ils aient fini.

Face à ce pauvre bougre, Sarah pensait que la vie était décidément, bien complexe.

— Je peux vous donner les noms des personnes… si ça peut vous servir pour la suite, avait naïvement proposé Kerlouet.

Ainsi Sarah possédait-elle les identités de nombreuses maîtresses de Le Gall. Celles qui, du moins, avaient eu les honneurs de l'usine.

— Personne ne m'a jamais remarqué. Je faisais juste attention, au cas où Le Flohic… C'est un dur celui-là ! Toujours prêt à protéger Norbert. Je n'aurais pas voulu avoir à faire à lui ! J'ai beau être costaud, il m'aurait cassé en deux. Pourtant… il me disait toujours bonjour dans la rue… S'il avait su…

Un sourire distordu zébra son visage au poil gris mal rasé. Flottant dans ses vêtements de paumé de l'existence, Lucien n'impressionnait guère.

— J'ai beau être costaud ! affirmait-il.

Il y croyait sans doute, évoquant là une image qui n'appartenait plus qu'à ses souvenirs. D'un aspect physique, aujourd'hui hélas, plus proche du têtard que d'Hercule, Lucien prenait très approximativement la mesure de sa déchéance. Victime d'un mauvais hasard, acteur involontaire d'une affaire qui le dépassait, le meurtre de Le Gall le mettait dans une situation dont il appréciait mal la gravité.

— Que s'est-il passé ce soir-là ?

Voilà bien des années qu'on ne lui avait plus demandé son avis ! Lors du dernier recensement, certains n'avaient d'ailleurs pas hésité à affirmer à la déléguée chargée du secteur :

— Celui-là, ce n'est pas la peine d'aller le voir. Il ne compte pas…

Alors, aujourd'hui, lui, le bon à rien, celui dont on se moquait si souvent, celui qui « ne comptait pas » devenait une vedette ! Naturellement peu enclin aux réflexions complexes, Lucien découvrait, et avec une étonnante satisfaction, qu'au travers d'un drame qui le laissait indifférent, son avis avait de l'importance. En réalité, la vie lui avait joué suffisamment de mauvais tours pour qu'il ne craigne le passage de l'Ankou, ni pour lui, ni pour les autres.

— Vous êtes un des témoins principaux de cette affaire, lui avait affirmé cette jeune femme policier, qui l'impressionnait et qui le vouvoyait.

Lucien en retirait un étonnant sentiment de fierté.

— Vous souvenez-vous si la porte était ouverte ou fermée à clé quand vous êtes arrivé ?

Il hésita :

— Je crois qu'elle était ouverte… Ou peut-être fermée… Je ne sais plus.

Ses pensées s'emmêlaient au fil de trop nombreuses questions. Ses chaînes de neurones souffrant alors de rupture, il mélangeait le passé et le présent. C'est avec précision pourtant qu'il raconta à Sarah comment il était monté à l'étage, après avoir « fait les frigos ».

— Je posais toujours mon sac au même endroit. J'enlevais mes godasses, enfin… mes chaussures en bas. J'étais tranquille à cette heure-là. Quand Norbert n'était pas là, j'allumais juste les lumières qu'il fallait. Et ce soir-là, je croyais qu'il était parti ! Alors j'ai fait comme d'habitude.

Sarah apprit avec stupéfaction que Lucien, Norbert absent, s'installait confortablement dans le fauteuil directorial :

— Je jouais au grand Manitou. Ah !... C'était chouette ! Je rapportais quelques cigares aussi. Je crois pourtant que Norbert ne fumait pas, ça devait être pour ses copains.

A l'évocation de ces instants magiques, Lucien semblait voguer sur un nuage aux parfums de Havane :

— Etre un grand chef ! Ça c'est un boulot qui m'aurait plu.

Son inconscience, ou du moins son étonnant détachement des faits, sidéraient littéralement Sarah. Elle comprit que son QI devait être à peu près celui d'un enfant de 12 ans.

— Monsieur Kerlouet, si j'en crois vos propos, quand vous êtes entré dans le bureau de monsieur Le Gall, il était déjà mort ! avait insisté Sarah.

— Alors là, tout ce qu'il y a de mort. Un coup de fusil de chasse à bout portant, ça ne pardonne pas. Boum !

Sarah s'étonna :

— Pourquoi parlez-vous d'un fusil de chasse ?

Un sourire de satisfaction avait éclairé le visage de Lucien :

— J'ai été chasseur pendant quinze ans... dans le temps. Ça se voit tout de suite un coup de fusil. Rien à voir avec un revolver ou un pistolet. Ça ne fait pas les mêmes dégâts. Je suis même prêt à parier qu'il s'agit d'un choke* de 12. Avec du 4 ou du plus gros. Peut-être un truc à sanglier.

Sa naïveté était désarmante et Sarah n'imaginait pas qu'il puisse, sciemment et à ce point, s'enferrer dans ce type de situation.

— Qu'avez-vous fait une fois dans le bureau.

— Eh ben, la lumière était éteinte. J'ai allumé, je l'ai vu.

— Quelle a été votre première réaction ?

Il lui fallu un petit effort de mémoire :

— J'ai dit : ben m... ! J'ai éteint et je suis parti. J'ai pris mon sac et remis mes chaussures. Après je suis revenu voir si je n'avais rien oublié mais je ne suis pas remonté. J'ai eu peur que l'autre, le méchant soit là...

Son va-et-vient pressé expliquait alors les traces de glaise au pied de l'escalier.

— Et la porte, l'avez-vous, oui ou non refermée ?

Mais Lucien était incapable de s'en souvenir. Il se contenta de dire :

---

*Choke : caractéristique de l'étranglement d'un canon de fusil permettant le regrouper des plombs à la sortie de la bouche. 12 et 4 sont les références du calibre et au type de plomb. Le 4 est un assez gros plomb, le 6, le 8 et le 10 sont plus petits... C'est « le grain », mesure anglo saxonne traditionnellement utilisée pour les armes à feu.

— J'ai encore la clé dans ma poche ». Une clé qu'il avait accrochée à un porte-clés publicitaire et qu'il posa devant Sarah.

— Monsieur Kerlouet, vous étiez en présence d'une situation pour le moins particulière. Pourquoi n'avez-vous rien dit. Il était facile d'alerter les autorités, de prévenir madame le maire.

Il se tassa, baissa les yeux. Ses mains aux ongles sales tremblaient et, quand le regard de Sarah put enfin saisir celui de Lucien, elle vit qu'il pleurait :

— J'ai eu peur qu'on me remette en cabane... J'y ai déjà été. C'est pire que tout.

*

* *

C'est à ces scènes diverses que songeait Sarah en arrivant sur le port. Cette histoire, comme tant d'autres, était un de ces sabliers où les grains se mêlent, s'épousent, se séparent sans que rien ne permette de les réunir de nouveau. Qui était exactement Alexis Brézéhan, l'ex-mari de la coiffeuse et que faisait-il ce soir-là dans le bureau de Le Gall ? Etait-ce lui qui, après le départ de Le Flohic avait abattu le mareyeur ? Jalousie, vengeance, meurtre gratuit... Les renseignements donnés par Sylvie Le Dantec, et ceux recueillis plus tard auprès de personnes l'ayant fréquenté professionnellement, faisaient état d'un homme intempérant, dur et violent. Mais, à l'heure actuelle, nul ne savait ce qu'il était devenu.

Descendant de voiture Sarah découvrit aisément l'endroit qu'elle cherchait, l'adresse de Le Flohic, un bateau amarré au bout d'un ponton du port de plaisance. Il avait choisi une demeure originale, le *Notre Dame de l'Espoir*, un vieux sablier de bois, un jour abandonné sur la vasière devant l'Ile-Tudy par un propriétaire trop âgé ou trop grevé de dettes pour continuer à l'exploiter. Ce beau navire de travail construit en 1930 en chêne et en sapin du Nord, avait dragué des tonnes de sable et de maërl, ces bizarres concrétions calcaires reposant sur les bancs des Glénan, avant que le sort ne le condamne à une interminable agonie.

— La demeure d'un original ou d'un solitaire. Avec ce genre de caractère, je penche plutôt pour le solitaire, pensa Sarah en posant les pieds sur le pont, humide d'un premier brouillard nocturne.

Des lumières éclairaient les hublots. Le Flohic sortit. Il la salua. Sa voix était grave.

— Je vous attendais.

Il la fit entrer et l'invita à descendre et à s'asseoir sur un des bancs de son « carré », une pièce luxueuse comme celle d'un yacht de milliardaire. Le militaire avait accompli un extraordinaire travail de rénovation ! Le vieux bateau, au ventre définitivement cureté d'années de pourriture, était aujourd'hui une vaste salle au plafond voûté, lambrissé, vernis, griffé de vieux cuivre lustré. Une série de hublots de paquebots, deux lampadaires mariés au cuir usé et patiné d'un vieux canapé habillé d'acajou mat, semblaient tout droit sortis de l'imagination d'un décorateur de marine. Posé sur une vertèbre de baleine, un octant indiquait le cap à suivre à une maquette de trois mâts. Sur les membrures arrondies de la coque du *Notre Dame de l'Espoir*, des marines dessinaient des goélettes, des vieux gréements tendus de voiles brunes gonflées à craquer.

Nu-pieds malgré la saison, en pull marin, en pantalon de « coton rhu », le coton rouge traditionnel, acheté à la Coopérative Maritime, Le Flohic semblait tout droit sorti d'une aventure de Monfreid. A le voir, et malgré la peine immense qui l'accablait, on oubliait qu'il faisait triste dehors, et le vieux militaire aurait pu être un de ces voyageurs sans étoile que l'on croisait sur les rives de l'Abyssinie Monfreid, le « gentilhomme de la Mer Rouge », un des derniers grands aventuriers du siècle.

Et pourtant, François Le Flohic était un homme brisé. Sarah s'aperçut que derrière ses yeux fixes et un peu vides à la fois, Le Flohic semblait s'éloigner du monde durant quelques fractions de secondes. Elle y repensa souvent par la suite, et le mot d'opium lui vînt automatiquement à l'esprit. Il n'aurait, hélas, pas été le premier grand voyageur à succomber au piège redoutable, à cette chausse-trappe de la conscience joliment masquée de reflets d'or ! Cependant, refusant les idées préconçues, elle mit son comportement sur le compte de l'émotion et du terrible traumatisme qui le brisait.

— Je comprends combien tout ceci peut être éprouvant, mais c'est une nouvelle fois indispensable… avait assuré Sarah Christmas.

— Je sais, mais je ne peux rien dire de plus que ce que j'ai déjà raconté, soupira Le Flohic.

— Norbert Le Gall avait monté seul son entreprise. Vous étiez pour lui, ai-je compris, un confident. Peut-être a-t-il évoqué devant vous certains points précis qui aujourd'hui pourraient avoir une autre importance.

— J'étais son confident et son ami. Anne-Marie et moi avons eu l'occasion d'entendre Norbert nous parler de faits qui ne concernaient que lui, mais c'était toujours dans le cadre du travail. Il était tellement jalousé !

— Vous n'ignorez pas que nous avons rencontré un nombre important de personnes, plus ou moins liées à monsieur Le Gall. Vous connaissez bien Abel Quemeneur, me semble-t-il ?

— Abel ! Le pauvre garçon ! Norbert a beaucoup souffert quand son père s'est… détruit. Je m'en souviens parfaitement, j'étais là depuis deux ou trois ans. C'est peut-être à cette époque que nous sommes devenus vraiment amis. Norbert n'avait personne à qui se confier, il me faisait confiance, alors...

— Connaissiez-vous madame Le Gall ? demanda Sarah.

Il sembla encore plus abattu :

— Non, et Norbert ne m'en a d'ailleurs jamais parlé. C'était sans doute le plus important de tous ses problèmes, avec celui aussi de ne jamais avoir eu d'enfant. C'est la vie.

Le Flohic se saisit d'un paquet de cigarettes :

— Je n'avais pas fumé depuis le Tchad, mais là... Vous en voulez une ?

— Non, merci, remercia Sarah.

— Vingt ans que j'avais cessé, mais j'en suis de nouveau à plus d'un paquet par jour. Quelle c...

Les yeux dans le vague, il souffla longuement la fumée et demanda :

— Vous avez pu voir Anne-Marie ?

Comme vaincu par le poids d'un immense fardeau, Le Flohic s'enfonça dans son siège.

— Durant quelques minutes simplement, dit Sarah. A la simple évocation des faits elle refuse de prononcer le moindre mot. Les médecins recommandent d'être patients.

Elle ne lui avoua pas tout. Le traumatisme subi par Anne-Marie Le Goff semblait, hélas, l'avoir envoyée rejoindre Marianne Le Gall sur les chemins horribles et tortueux de la souffrance mentale.

Le Flohic se redressa et, d'un geste de la main chassa la fumée, balayant les fantômes qui lui passaient devant les yeux.

— Anne-Marie, une femme remarquable ! Norbert, moi !... Quelle équipe ! Tout était là. Et que reste-t-il de tout ça ? Maintenant il peut se passer n'importe quoi, c'est foutu... lâcha-t-il, désabusé.

Son visage pourtant se durcit à l'extrême quand Sarah évoqua Hippolyte Hascoat et les problèmes sociaux de l'entreprise. Il s'emporta et pâlit :

— Hascoat ! Le saligaud ! C'est un semeur de troubles. Avec des types comme ça on ne va pas loin. Il n'a qu'une idée en tête : mettre le cirque, faire la grève, faire la grève... Pourquoi n'allait-il pas la faire à Moscou ou sur ce qui reste du mur de Berlin sa grève ? On n'attendait plus que lui là-bas.

Il saisit le journal local :

— Regardez, fit-il, rageur.

Un gros titre barrait la première page : « Les syndicats appellent à la grève... ».

Nerveux, il jeta le journal loin de lui :

— Ils appellent à la grève, encore une fois ! Les salauds ! Jamais je ne les ai entendus appeler au travail !

Ses yeux lançaient des éclats de fauve. Il serrait les dents et Sarah le sentait prêt à se lancer dans une bagarre où il aurait prouvé son bon droit à coups de poings.

— La grève, la grève... répéta-t-il dans un souffle rauque. Ils n'ont que ce mot-là à la bouche.

Durant une seconde ou deux, Le Flohic sembla se tasser sur lui-même et des mots incompréhensibles, déformés, sortirent de sa bouche aux lèvres serrées. Il grogna une nouvelle fois « Grève, grève », puis se redressa. Son regard avait retrouvé cette force impénétrable et fascinante des hommes au caractère dur, à l'âme insondable.

— Pardonnez-moi, mais tout cela est si difficile à vivre, s'excusa-t-il.

Sarah repensa aux phrases d'Hippolyte Hascoat : « Le Flohic, un véritable berger allemand... Le Gall... il m'aurait tué sans hésiter... La Teigne, elle avait changé de bord... ».

Le monde du mareyeur, celui de ses proches, s'affirmait de plus en plus comme un univers difficile à explorer. Derrière la façade commerciale et la réussite professionnelle exemplaire de Le Gall, des personnalités diverses et fortes, menaient une lutte ouverte quotidienne. Leurs affrontements, qu'ils fussent brutaux ou sournois, violents ou hypocrites, révélaient des tensions vives, des sources de conflits intenses, des haines féroces. Les raisons personnelles d'en vouloir au mareyeur ne manquaient pas. L'état de ses relations avec son beau-frère Ambroise Guirriec et Francine, sa belle-sœur, n'était pas pour simplifier les choses.

Mais Le Flohic ne se prononçait guère là-dessus :

— Ce sont des histoires de famille et ça ne me regarde pas. Je peux vous jurer sur l'honneur que jamais Norbert ne m'a parlé ni de sa femme, ni de ses relations avec le reste de sa famille, ni de personne d'autre. Il y a juste eu Ambroise pour le bateau. Je vous l'ai dit, je connaissais simplement l'existence de Sylvie, mais sans plus. Il avait sa vie privée, c'était son affaire, pas la mienne.

Sarah cernait de plus en plus précisément la personnalité de l'ancien militaire. Il y avait bien longtemps que l'on ne jurait plus sur l'honneur, mais Le Flohic demeurait attaché, lié à des mots, des codes, des comportements que l'accélération du temps semblait avoir définitivement laminés. « Je peux vous jurer sur l'honneur... », affirmait-il donc, rigide, les yeux secs, mais l'esprit dévoré de chagrin ! Au-delà de son immense peine, sa plus grande inquiétude, il le réaffirma, demeurait l'avenir de l'entreprise.

— Je n'ai plus personne, et à mon âge, mon histoire est derrière moi. Mais il y avait tout cela pour nous réunir. Tout cela...

Son regard se perdit de nouveau dans le vague :

— Vous savez, les coups durs... murmura-t-il, comme pour lui-même.

Quoi qu'il puisse se passer, François Le Flohic savait que rien ne serait plus jamais comme avant.

Norbert disparu, que restait-il de la belle aventure qu'ils vivaient ensemble depuis plus de dix ans ? Des souvenirs amers, une mémoire harponnée à cœur, des blocs de bétons, des machines, des chambres de congélation, des camions frigorifiques... Mais tout cela n'était que du ciment, du papier, de la mécanique, de l'acier, du plastique, des câbles électriques, des boulons, des bureaux ! Il n'y avait plus d'âme, puisque celle de Norbert s'étaient envolée quelques jours après la Toussaint et que rien ni personne ne pouvait la faire revenir.

Que restait-il donc aujourd'hui de cet homme qu'il admirait tant, sinon une gravure sur une plaque tombale et une sépulture qu'il serait seul à fleurir avant que la mort ne l'appelle lui aussi ?

Demain, après-demain, Norbert ne serait plus qu'une poussière dispersée dans le temps, un nom à la suite de centaines d'autres sur un registre de décès. Une longue succession de dates, d'écritures, de traits, de retours à la ligne, de numéros de pages résumaient ainsi des vies entières, banalement closes sur un simple mot : décédé. On aurait pu mettre mort, mais on écrivait décédé, c'était plus officiel, moins banal, plus conventionnel, mais seulement réservé à ceux qui mouraient de mort naturelle. Norbert lui n'était pas décédé, mais mort de mort violente. La nuance était importante. Le Flohic l'avait souvent imaginé, allongé sur la table glaciale d'une salle d'autopsie à l'hôpital de la Cavale Blanche à Brest. Là où un médecin légiste l'avait patiemment examiné, avant de procéder à son travail. De Norbert il ne resterait donc plus rien, sinon un corps mutilé enterré dans le cimetière !

Depuis la tragédie, François Le Flohic n'avait pu trouver sommeil. Il avait les traits tirés, les yeux marqués de larges cernes sombres.

— C'est épouvantable. J'ai envie de crever, avait-il avoué.

Peu avant de le quitter, Sarah avait évoqué le bateau, cette belle résidence flottante où il vivait.

— C'est un vieux sablier que j'ai ramené de la rivière de Pont l'Abbé. Il est resté longtemps sur la vasière avant de pourrir le long du quai.

Le Flohic s'était détendu et il avait tenu à lui montrer l'album de photos de sa renaissance. La plupart des clichés étaient des épreuves d'un appareil à développement instantané. Derrière les couleurs délavées, pourtant, Sarah découvrait une belle histoire. Celle d'une passion qui retraçait l'aventure d'un sablier abandonné, d'un navire enchaîné à un triste ponton flottant, couvert d'une peau lépreuse et dévoré de moisissures marines. Longtemps meurtri, le bois s'était lentement couvert d'une graisse gluante où proliféraient les algues et les coquillages parasites. Les doigts de Sarah effleuraient les clichés comme pour mieux apprécier le relief de leurs écailles brutes.

— J'ai fait venir les scaphandriers pour qu'ils inspectent le bateau. J'ai fait cette photo le jour où j'ai acheté, et je me suis juré qu'il ne ressemblerait plus jamais à ça... commentait Le Flohic.

La coque, longue et ventrue, étirait ses os brisés.

— Je n'y connaissais rien du tout, alors j'ai acheté des livres, je me suis abonné au *Chasse Marée*. Et puis Norbert m'a fait connaître Ambroise, son beau-frère, le charpentier. Voilà encore autre chose que je lui dois. J'ai passé tous mes dimanches et mes congés à refaire le bateau.

Au fil des jours, le bois renaissait de la crasse, mais les photos délavées reflétaient les couleurs d'une autre époque, celles d'histoires mortes avec le temps. Une série de clichés montrait le bateau en cale sèche, le port en cours d'agrandissement, des voitures couleur pastel aujourd'hui passées de mode. Les hommes eux-mêmes, ces créatures anonymes lancées dans la longue course de l'aboutissement de l'univers, semblaient démodés, hors d'époque. Le Flohic sortit des agrandissements et Sarah lui avoua sa passion pour la photo, cette chimie magique qui permettait de voler sa substance au temps.

Il avait ouvert une vieille boîte de biscuits en fer blanc, piochant au hasard dans des paquets de clichés noir et blanc :

— Toute ma vie est là-dedans. Je suis le seul à les avoir vus. C'est toute ma jeunesse. Une sacrée époque. Je payerais cher pour la revivre ! avait dit Le Flohic.

Mais la grande galerie des souvenirs à laquelle il tenait tant n'était rien qu'un banal catalogue d'hommes et de femmes, d'inconnus, jeunes ou vieux, de couples poussant des landaus, de passants, de militaires, de plages, de baies, de terrasses de cafés, de palmiers, de parasols, de chaises longues. Des voitures grises et noires aux lignes lourdes et désuètes longeaient une avenue que l'on devinait inondée de soleil, parcourue de silhouettes de promeneurs du dimanche à jamais vouées à l'anonymat.

— Regardez celle-ci !

Le Flohic tendit un cliché vieilli par le temps. Une photo comme on en ramène parfois du service militaire. Adossés à la calandre d'un camion GMC, deux jeunes gens vêtus d'un uniforme de l'armée de terre souriaient à l'objectif.

— C'est moi là, à gauche, il y a longtemps, et là c'est René. René Cadiou. Il était avec moi en Algérie, pendant la guerre. C'était un appelé de ma compagnie. Après le peloton d'élèves sous-officiers il avait été nommé sergent. Vingt-six mois de service. Il m'a sauvé la vie un jour, dans le djebel. Pauvre vieux.

— Il est mort là-bas ?

— Même pas. C'est bien plus idiot. D'un cancer, à la Rochelle, il y a quelques années. Lui aussi c'était un frère, un jumeau. Nous avons souffert ensemble. J'étais même le parrain d'un de ses enfants. Avec Norbert, c'était un des seuls amis que j'ai eus. J'en pleurerais.

— Je comprends ça.

De lourds papillons noirs accouchés du cafard qui le rongeait voletaient dans la tête de Le Flohic. Leurs ailes fragiles, poudrées de poussière, lui frôlaient les os du crâne. Un velours couleur de nuit étendait une ombre dense sous un ciel de pleine lune. Il aurait voulu casser le bloc de lave où brûlait son âme, mais il savait que c'était impossible.

Sarah se leva.

— Je sais que vous commencez tôt demain matin, dit-elle. Nous aurons l'occasion de nous revoir, monsieur Le Flohic.

— Oui… Je me lève… à cinq… heures… Je ne sais même plus pourquoi depuis que Norbert n'est plus là.

Sarah le salua et sortit. Sous le brouillard qui s'épaississait, étouffant les bruits, elle s'enfonça dans l'air de la nuit et regagna sa voiture.

Debout sur le pont, Le Flohic lui fit un salut de la main. Sarah lui répondit. Elle se sentait mal dans sa peau.

Les lampadaires au sodium pleuraient une lumière orange et triste, aussi sinistre qu'un éclairage de film glauque.

V

Une quinzaine de jours plus tard.

Bien que sa beauté originelle se fut enfuie au fil du temps, Amélie Le Coz avait de l'élégance et, il faut bien le dire, une certaine classe. Propriétaire de l'Hôtel de Bretagne, elle avait quitté le vieux pays durant des années, vivant longtemps à Paris, un séjour qui, hélas, lui avait gravement gâté l'accent. Elle en gardait une tendance ridicule à vouloir prononcer les mots avec d'étranges intonations dans la voix. Amélie n'était d'ailleurs pas la seule dans ce cas. De nombreuses autres femmes de la région, souffrant d'on ne sait trop quel complexe et voulant ainsi « faire bien… comme si on était de la ville », jouaient de l'accent tonique avec une étonnante stupidité qui atteignait parfois à la caricature. Elles étaient alors ridicules, s'exprimant avec des petites manières, employant des mots dont elles ne connaissaient pas toujours le sens.

Amélie faisait illusion dans la petite société locale, où on lui accordait un crédit certain. Cela n'allait pas très loin certes, mais elle jouait aimablement à la « Parisienne » devant quelques admirateurs sur le retour. Amélie utilisait avec talent son charme qui, par le passé, qui lui avait valu tant de succès auprès des hommes. Certains assuraient lui en trouver encore beaucoup. Très belle autrefois, elle souffrait hélas le martyre en constatant sa décrépitude, portant son vieillissement comme un fardeau, une croix tressée d'épines.

« Bonne à Paris », elle avait suivi, plus de cinquante ans auparavant, le chemin qui menait tant de jeunes exilés sur les quais de Montparnasse ou de la gare de Lyon. Elle était vive et belle, avait les yeux noirs, l'air ingénu, le contact facile, et son histoire, comme tant d'autres, s'égara dans les labyrinthes de la vie. Bien mariée, veuve, remariée, héritière d'un grand restaurateur, femme aisée, elle vécut. Neuilly l'accueillit, la fit rire, la fatigua. Les réalités du miroir lui taillèrent un jour de profondes rides dans l'âme, semblables à celles qui lui ravageaient le cou. Elle rentra en Bretagne, s'installa au Guilvinec où elle acheta, à la pointe de Men-Meur, le vieil Hôtel du Rivage, un bâtiment datant de la Belle Epoque. Elle le transforma de fond en comble et le baptisa l'Hôtel de Bretagne. Intelligente, dynamique, femme de goût et habile commerçante, Amélie sut en faire rapidement le rendez-vous de clients avides de gastronomie locale.

La ville, son port, avaient d'ailleurs connu un développement économique et touristique exemplaire depuis quelques années. Le centre-ville, tout en conservant son cachet, avait considérablement rajeuni et remodelé son esthétique générale. La rue de la Marine, devenue une belle voie pavée et piétonne, élevait de nombreuses façades colorées et pimpantes. L'église elle-même s'était parée d'un enduit de teinte claire comme elle devait l'avoir lors de sa construction. Vue du ciel aujourd'hui, la ville pouvait alors oublier les noms terribles que l'Histoire avait, il y a peu encore, légué aux hommes pour que, ici comme ailleurs, elle en baptise ses rues. Alors le quartier de Verdun, le Chemin des Dames, le Quartier des Dardanelles, ces noms terribles banalisés par le quotidien, n'étaient plus que de lointains, bien que tragiques, souvenirs en hommage aux morts. Mais tous ces inconnus, ces oubliés, ces anonymes broyés par les conflits, avaient, par leur sacrifice, permis que s'ouvrent un jour la rue de la Liberté et la rue de la Paix. Ainsi, au Guilvinec, comme partout dans le monde, les plaques émaillées des rues racontaient-elles le déroulement d'un immense jeu de piste, celui où conduisent les errances ou les bonheurs de l'humanité.

Amélie, quant à elle, aimait bien cette corniche de Men-Meur où, des années auparavant, elle avait eu le coup de foudre pour l'Hôtel du Rivage. Etait-ce son architecture un peu rococo, ce baroque suranné qui l'avait séduite ? Elle n'aurait su le dire, mais, à sa première visite, elle donna immédiatement son accord au clerc de notaire qui l'accompagnait.

Ce soir de novembre donc, assise sur une des hautes chaises du bar, semblable à une figure de proue usée installée à l'extrémité du magnifique comptoir de bois, Amélie laissait courir ses pensées. D'une longue cuillère de plastique offerte en réclame par une marque d'apéritifs, elle touillait un whisky-eau gazeuse. « L'eau gazeuse pour l'estomac, le whisky pour le cœur », une formule éprouvée, responsable de la création d'armada d'alcooliques. En réalité, depuis des années, elle vivait face à un verre et elle n'imaginait pas devoir un jour se passer de ses deux ou trois apéritifs quotidiens. Ce n'était ni une habitude, ni un vice, juste un comportement social, une façon de vivre, l'alcool et elle faisant preuve d'une amitié fidèle depuis près de quarante ans. Elle pensait avoir une cirrhose mais n'en tenait aucun compte, car le seul plaisir que lui apportait encore la vie était ce dialogue intime avec cette médiocre machine à vivre qui roulait au fond de son verre.

Le drame qui avait bouleversé le pays la traumatisait encore. Elle qui connaissait si bien Norbert, cachait chaque jour sa peine, sans parvenir à se faire à sa mort. Jamais ici on n'avait connu de tels événements et la tragédie avait chamboulé toutes les certitudes. Elle révélait, dans cette tragique actualité, que les maux de la ville, les meurtres, les agressions, n'étaient pas réservés aux ghettos des métropoles bétonnées.

Bien sûr, il y avait toujours eu des drames ici, mais le contexte était différent. On ne tuait pas au hasard. La plupart des crimes enregistrés étaient sordides mais ruraux, et commis sous l'influence de l'alcool. Les statistiques étaient sans appel !

Une petite consultation des vieux journaux permettait de découvrir les photos d'assassins en béret crasseux et en bottes de caoutchouc, menottes aux poignets, encadrés de deux gendarmes, et posant fièrement pour la photo, sourire édenté aux lèvres. La cause était entendue, le meurtre ici était campagnard, l'assassin ouvrier agricole journalier et buveur de quatre à cinq litres de vin rouge d'Algérie quotidiens. Les crimes étaient toujours horribles, commis à la hache, à la faux, à la faucille parfois, et même au marteau. Le criminel finissait généralement sur l'échafaud où le bourreau d'Etat lui tranchait la tête comme pour éliminer une bête malfaisante.

Et si un autre drame survenait dans les mêmes conditions, les journalistes photographiaient le criminel chaussé de ses traditionnelles bottes. Ils racontaient le procès, puis, plus tard, commentaient l'exécution.

*

* *

Les mains tremblantes, Amélie posa son verre. Ses lèvres, grasses de rouge, laissaient une marque semblable au passage frais d'une limace collante. La vaine course contre le temps qu'elle menait depuis si longtemps ne l'avait pas épargnée, et tous les efforts qu'elle faisait pour masquer sa déchéance la conduisaient souvent au bord des chemins de la déprime. Elle n'acceptait pas son sort, voulant se persuader que l'image que son miroir lui jetait brutalement au visage était encore modifiable. Il s'agissait juste d'un mauvais moment à passer, d'une provisoire traversée du désert. Demain tout irait mieux, ses yeux seraient plus clairs, ses rides seraient atténuées par la fermeté de la peau.

Manipulant sans cesse des leurres, Amélie s'enferrait dans un état qui ne l'épargnait pas plus qu'il n'épargnait les autres. Incapable de vieillir et de s'accepter telle qu'elle était, biodégradable comme l'ensemble de l'espèce humaine, elle souffrait le martyre. Ses efforts pour paraître plus jeune que son âge l'autodétruisant, à l'heure de ses apéritifs, elle prenait de chimériques rendez-vous avec le passé. Ce soir-là, la robe noire trop décolletée laissait mouvoir une poitrine lasse, remontée par un corset. Amélie Le Coz n'était plus vraiment belle, mais ses efforts pour le paraître lui donnaient l'air ridicule. De la lointaine jeunesse il ne restait rien, juste un nom et une vieille photo d'identité qu'elle exhibait parfois, guettant les réactions, et sur laquelle personne ne la reconnaissait plus.

Trois rangs de perles naturelles promenaient leurs billes nacrées sur la peau molle, tressautant au moindre mouvement, rampant sur la chair blanche comme autant de serpents de verre égarés sur des dunes abandonnées. Des bracelets dorés coulissaient sur le poignet droit. Le nylon noir déguisait des jambes aux varices savamment escamotées, plusieurs années auparavant, par un spécialiste. Chez Amélie Le Coz tout n'était qu'apparence, illusion, théâtre et mise en scène. Des lunettes de myope, accrochées à une chaîne d'or, pendaient à son cou.

— Je vois comme quand j'avais vingt ans, affirmait-elle devant la société un peu minable et compassée de ses admirateurs.

Elle ne conduisait pourtant qu'avec de gros verres correcteurs qui lui donnaient l'air d'un oiseau inquiet qui clignait des yeux à la tombée de la nuit. Entre chien et loup elle ne distinguait ni chien ni loup, seulement des lumières incertaines coulant de lampadaires dont elle devinait la présence au dernier moment.

Ce soir-là, vers vingt heures, elle attendait le lieutenant de police Sarah Christmas. Lors de l'enquête de voisinage elle avait déjà rencontré les policiers, mais, traumatisée comme la plupart des relations de Norbert, Amélie avait été incapable de leur procurer la moindre information concrète. Son témoignage était vital pourtant car Le Gall, pour raisons d'affaires, fréquentait souvent son restaurant où il invitait ses relations... Ce qu'attestaient de nombreuses factures dans la comptabilité. Comme à son habitude, Sarah arriva à l'heure précise. Amélie la fit entrer dans un petit salon privé, près de l'entrée.

Sarah ne perdit pas de temps en banalités d'usage :

— Parlez-moi des personnes que fréquentait monsieur Le Gall chez vous ?

Amélie prit instinctivement la pose d'un avocat de la défense :

— C'étaient... des gens très bien. Des clients, des grossistes en produits de la pêche, des distributeurs, des étrangers aussi. J'en connaissais certains, d'autres pas. Mais je n'avais aucune relation avec eux.

— Et madame Le Goff ?

Elle hésita :

— Je la connais peu. Je ne l'ai jamais vue chez moi, affirma-t-elle.

— Vous en êtes certaine ?

— Absolument. Norbert ne la conviait pas à ces rendez-vous. Il ne venait qu'avec des clients.

— Invitait-il aussi parfois son beau-frère, le charpentier ?

Elle sembla gênée et Sarah répéta sa question. Au

cours de l'enquête, Arthur et elle s'étaient forgés une idée plus précise de la société locale.

En réalité, elle était semblable à bien d'autres de par le monde, avec ses clans, ses alliances, ses haines, ses amitiés. Tout le monde se connaissait. Certains s'aimaient, d'autres se détestaient vigoureusement. Il y avait les classes bien sûr, avec leurs hiérarchies, celle des notables, des bourgeois, et puis les autres, la majorité, tous ceux qui n'avaient d'autre ambition que d'assurer, le plus paisiblement possible, leur quotidien.

Le Gall, c'était une certitude, avait semé la pagaille dans bien des ménages de bonne réputation. Bien des hommes connus et respectables de la région l'auraient volontiers crucifié sur une porte, s'il n'y avait eu la peur du scandale, les manières en usage dans la société et leurs traditionnels cortèges d'arrangements en tous genres. Le Gall s'amusait de ces situations ambiguës faites de réputations détruites pour cause de sévères cocufiages, dont il était l'auteur, lui qui n'était en réalité qu'un corps étranger dans cette société où la naissance et le nom décident si souvent de l'avenir. Peu avant sa mort pourtant, on lui mangeait encore dans la main, lui qui, par l'argent, avait acquis un énorme pouvoir dont il usait sans discrétion. Ah ! Combien avait-il bousculé de belles dames blondes ou brunes, pomponnées et parfumées, sur un coin de son bureau ou sur un accoudoir de fauteuil ? Seule Anne-Marie Le Goff aurait pu le dire, elle qui en avait si souvent subi les descriptions détaillées, à la limite de l'acceptable. Alors il ne restait plus que la rumeur, et puis… « malheur à celui par qui le scandale arrive ».

La question de Sarah n'était pas innocente car derrière les façades de pierres de taille tout n'allait pas pour le mieux dans le meilleur des mondes. Nul n'ignorait ici, et les policiers l'avaient rapidement appris, que les relations conjugales d'Ambroise Guirriec étaient tendues et que, quelques années auparavant, le couple avait, une fois de plus, frôlé la rupture. Mais leurs intérêts communs étaient de taille et leur contrat de mariage aussi bétonné que le mur de l'Atlantique : si Ambroise, succédant dès 1952 à son père déjà âgé, avait développé un beau chantier naval, Francine, fille de parents conser--veurs de petits-pois, avait hérité comme sa sœur Marianne d'une confortable fortune industrielle. Parts de sociétés, biens immobiliers, avoirs importants, constituaient quelques-uns des éléments d'une solide richesse. Mariage de raison ou mariage d'affaire, celui qui avait uni Ambroise et Francine ne valait guère plus, sur le plan des sentiments, que la signature échangée sur un bout de papier. Cultivant tous deux, lui moins qu'elle sans doute, une passion irraisonnée de l'argent, ils avaient rapidement découvert qu'ils n'étaient que deux greffons artificiels liés l'un à l'autre par un banal contrat de notaire. Francine ne portant qu'un intérêt limité aux plaisirs de la vie conjugale, son mari n'avait pas voulu finir dans la peau d'un moine. Dans ce petit monde où tout se savait, des bruits avaient longtemps couru, racontant qu'Ambroise et Norbert, plus d'une fois, avaient partagé leurs frasques.

Alors, à la question de Sarah, Amélie avait haussé les épaules :

— Oui, il l'invitait parfois. Ambroise est un brave homme, mais sa femme, la Francine ! Quelle garce ! Je peux vous dire que… celle-là…

— Celle-là ?

Amélie hésita :

— Après tout ! Ce que je vous en dit c'est ce que tout le monde sait. Une harpie.

— Vous la connaissez bien ?

— Non, je ne suis pas d'ici. Mais, vous savez comment ça se passe dans les petites villes. On dit que, quand elle était jeune, c'était le genre de fille qui ne parlait pas à tout le monde. Elle était bien trop fière, bien trop riche ! Elevée chez les sœurs, alors, vous pensez… mais elle a eu celui qu'elle voulait.

— C'est-à-dire ?

— Ambroise bien entendu. Il avait, paraît-il, toutes les filles accrochées à ses basques.

— C'est peut-être assez légitime. Il devait être bel homme.

— C'est vrai ! Et pourtant, vous avez vu Francine ! Ce n'est pas Marilyn Monroe ! S'il n'y avait pas eu toutes ces histoires d'argent... Vous pouvez deviner... On voit ce que ça a donné.

Sarah, qui était plutôt de la génération de Claudia Schieffer et de Lara Croft, sourit intérieurement à l'évocation de Marilyn. Image blonde en noir et blanc, pur produit du fantasme américain à mi-chemin entre les poupées Barbie et le Chicago des bootleggers, Marilyn n'avait du mythe que l'histoire tragique. Bon modèle pour photographe, pâte à modeler, poupée de chair manipulée à merci, copie US d'une Cosette des années 50, elle était un des grands mystères de la décennie qui l'avait couronnée avant de la détruire.

— J'enquête sur un meurtre. L'heure n'est pas aux devinettes, madame Le Coz.

Amélie fit la moue et poursuivit :

— Elle l'a eue avec l'argent. Ce sont leurs familles qui les ont mariés. Et puis il y a eu cette affaire d'enfant... et...

Elle se mordit les lèvres.

— Quelle affaire ?

Amélie hésita.

— C'est très vieux. Quelqu'un vous en parlera peut-être un jour ou l'autre... Alors...

— Alors ?

— Avant de se marier, au printemps 1963, Ambroise fréquentait une fille de Morlaix dont les parents avaient une maison ici, près de la plage. C'était un très beau garçon, elle était jeune… elle s'est retrouvée enceinte.

— Et alors ?

— Elle avait dix-huit ans, lui vingt-quatre ou vingt-cinq. Ils s'aimaient comme des fous et…

Amélie était sans doute superficielle, ce n'était pas une sainte femme et on ne lui en demandait pas tant, mais, elle avait de la souffrance morale une mesure personnelle. Malgré toutes les simagrées qui l'animaient, elle savait bien que l'existence n'était pas un théâtre de Guignol, une scène où le faux-semblant ne ressemble à rien sinon à l'illusion. Brusquement effondrée, la tête entre les mains, Amélie pleura toutes les larmes de son corps. Dévorée par une détresse infinie, incapable de garder plus longtemps pour elle ce secret qui la rongeait depuis tant d'années, elle craqua. Trop de douleurs, de souvenirs, de peines ne se dissimulent pas toute une vie sans remonter à la surface, un jour ou l'autre.

— C'était ma… petite sœur… Personne ici… ne le sait.

Elle pleurait sans retenue. Les larmes envahissaient son visage, décapant son maquillage comme une mauvaise craie se désagrège sous la pluie.

— Personne, non… personne ne le sait, toussota-t-elle entre ses sanglots.

Sarah la laissa pleurer. Dans son métier, elle avait hélas l'habitude de vivre ce genre d'événement où, au détour d'une enquête, à l'évocation d'un drame, d'autres histoires apparaissaient, souvent douloureuses.

Amélie retrouva lentement son calme :

— Pardonnez-moi, mais… même si longtemps après, c'est très difficile… s'excusa-t-elle en reniflant ses larmes.

— Je comprends cela.

— Ambroise n'a su qu'après son mariage.

— Et alors ?

Amélie hésita. Sa voix n'était plus qu'un chuchotement :

— Ma sœur s'est suicidée au gaz une semaine après qu'il se soit marié.

Un long silence s'était installé. Sarah Christmas comprenait bien des choses. Elle imaginait le drame épouvantable, les rumeurs, les ragots, la déchirure. Certaines affaires ne gagnaient rien à être étalées au grand jour.

Amélie semblait émerger d'un cauchemar, celui qui la poursuivait depuis si longtemps. A l'époque elle vivait à Paris, recevant peu de nouvelles, en donnant encore moins.

— Je m'entendais très mal avec mes parents. J'avais voulu vivre ma vie, ils ne me comprenaient pas. Je voulais être libre.

Le télégramme lui annonçant la mort de sa sœur la brisa.

— Peu après, nos parents ont revendu la maison. Ils ne sont jamais revenus ici. Quand je suis rentrée en Bretagne j'ai voulu m'installer au Guilvinec, pour eux et pour la mémoire de ma sœur. Personne ne savait qui j'étais.

Les doigts d'Amélie tremblaient lorsqu'elle alluma une nouvelle cigarette.

Sarah demeurait pensive. Entre la vie privée d'Ambroise et de son beau-frère il y avait décidément bien des points communs, des drames, des vies conjugales déséquilibrées.

— Monsieur Guirriec ne sait donc pas qui vous êtes ?

— Non. Je ne sais pas si... vous pouvez comprendre ça, mais, grâce à lui... je retrouve parfois un peu ma sœur...

Elle éclata une nouvelle fois en sanglots. Sarah la laissa pleurer. Son chagrin ne dura guère. Comme toutes les personnes durement éprouvées par la vie, Amélie savait se raisonner.

Elle renifla un peu et s'excusa. Sarah reprit l'entretien :

— Le Gall et son beau-frère se retrouvaient-ils parfois chez vous ?

Amélie ne put éviter un fard. Hésitant à répondre, elle baissa la tête et avoua :

— Oui. Il est venu quelquefois, quand sa femme partait en cure. Mais il ne faudrait surtout pas qu'elle le sache. Ça ferait encore des histoires et…

— Il avait une maîtresse ?

Elle hésita à peine :

— Je crois que… oui.

— La connaissiez-vous ?

Amélie fut formelle et Sarah la crut sincère :

— Non, jamais il n'est venu ici avec elle.

Quand elle quitta Amélie, Sarah marcha longuement sur la plage et sur le port. Elle aimait ces promenades nocturnes, seule face à la mer. Devant l'hôtel s'écrasait une grève d'épais sable gris où les marins faisaient échouer les bateaux pour la peinture annuelle, ces courtes périodes de parades nuptiales. Alors, durant quelques jours, le sable se mouchetait de taches multicolores. Le ressac mousseux les mêlait aux caprices du jusant qui, comme un vin pétillant, les diluait dans ses bulles ou les noyait sur l'aire noire d'une vasière creusée de chenaux incertains.

Ce soir-là, venus de nulle part, des chuchotements liquides, des paroles exhalées par le sable noyé d'eau glissaient sous la pleine lune. Fantômes aux plaintes furtives, formes travesties en bruissements d'ailes blanches, la nuit respirait. C'était un souffle étrange, un silence mélangé aux échos de l'océan. La nuit ici était un empire, celui où la mer trouvait le repos.

Inlassablement, depuis le début des siècles, le clapot de l'océan rongeait les grains de sable mille fois usés, tenant face à eux un long monologue, lancinant comme une mélopée mystérieuse, étrange complainte celtique écrite sous la lune.

Sarah se souvint des récits de Jack Kérouac, dont elle avait lu parfois les livres. C'était pourtant l'histoire d'une autre génération, d'un passé enfoui dans l'histoire d'autres jeunesses, celles de rêves américains universels définitivement enterrés. Sans qu'elle le sache pourtant, comme Henry Miller à Big Sur, comme Kérouac, Sarah aussi écoutait parler la mer. Mais elle connaissait peu de choses du « clochard céleste », du beatnik désormais loin de ce monde qui l'avait digéré, comme une plante carnivore se repaît de ses victimes trop fragiles ou trop aventureuses. A travers les livres, Sarah avait essayé de découvrir cette époque si proche et si lointaine à la fois. Etonnamment, la musique et la littérature de ces années-là ainsi qu'un engouement pour cette étrange épopée, l'avaient infailliblement marquée, comme si, au-dessus des continents, perdus dans les brassages où les villes laminent les âmes et les identités, il fallait qu'émergent parfois des mots, des visages, des idées, qui traversent le temps.

Aujourd'hui pourtant, qui se souvenait encore de l'homme aux chemises à carreaux, ce copain de cuites et de virées d'Alan Ginsberg, autre déraciné du monde. Kérouac, « Ti-Jean de Saint-Brieuc », ni Breton, ni Américain, écrivain-vagabond porteur d'un nom qui ne voulait plus rien dire et qui avait noyé son esprit dans la Benzédrine !

Sarah haussa les épaules. Trop éloigné du réel, dopé, le monde de Kérouac n'était pas fait pour elle. Il n'était qu'un assemblage distendu, artificiel, de rêves et de fausses révoltes, une marche égoïste et sans espoir qui ne menait qu'à l'oubli ou à la déchéance. Alors, Sarah se contentait de la beauté du présent. Et puis, elle n'était pas là pour philosopher mais pour tenter de retrouver un criminel. Alors elle remonta vers le port, suivant le cheminement des petites ruelles désertes. Des bruits de diesel montaient déjà de la passe, ceux des premiers bateaux prenant la mer.

VI

Une semaine plus tard.

— Je t'offre un café.

Arthur avait poussé la porte du Café du Port. Les vérifications sur l'emploi du temps d'Abel Quemeneur le jour du meurtre n'avaient laissé aucun doute. Comme toutes les autres vérifications d'ailleurs. En réalité il n'y avait aucune piste. Alors, depuis plusieurs jours, Sarah et Arthur achevaient de digérer des rapports fastidieux, Arthur travaillant principalement sur les dossiers extérieurs. L'enquête n'avançait pas comme ils l'auraient souhaité car chaque jour ils découvraient dans les relations de Le Gall des filières complexes.

Pourtant, sa mort n'avait rien changé au fonctionnement du monde et c'était comme s'il n'avait jamais existé. La vie avait continué, déroulant les jours en séries sans surprises. Les camions frigorifiques poursuivaient leur interminable va et vient dans l'air englué d'odeurs de fuel et d'essence aux traînées bleues, épaisses et lourdes montant à la tête comme autant de vapeurs de mauvais alcool. Les diesels toussaient leurs crachats mécaniques, libérant une puanteur âcre de fumées denses, stagnantes et écœurantes.

Alors qu'ils entraient au Café du Port, Abel Quemeneur accrochait au mur trois encadrements de vieilles photos des années d'après-guerre, des clichés de thoniers sous voiles franchissant majestueusement la passe avant de gagner le golfe de Gascogne pour traquer le thon germon. Il vint les saluer.

— Beaux tirages ! apprécia Sarah.

— Ce sont des originaux d'époque, des années 50 ! Où les avez-vous dénichés ? demanda Arthur.

— Chez Antoine Tanguy, le photographe. Si vous aimez les vieilles photos, allez le voir. Il prend sa retraite et ferme son commerce.

Les décors de gris et d'ombre des anciennes « plaques » les plongeaient dans un monde heureusement sauvegardé grâce à la revue *Le Chasse-Marée*. Des formes floues d'hommes aux visages de loups de mer, des sloops sardiniers efflanqués comme autant de chats maigres, des misainiers parés de toiles tannées dans une autre histoire franchissaient une nouvelle fois les limites du temps. L'océan avait brassé tant d'années depuis, qu'il ne restait plus rien du passé, sinon des coques pourrissantes sur les cloaques désormais pollués des vasières. L'histoire s'était diluée dans le progrès avant que les pelleteuses, depuis quelques années, ne brisent les coques des navires livrés aux pompes à kilowatts des décideurs du sort de l'Europe bleue. Comme on écrase un œuf pourri, les machines broyeuses aux dents d'ogres écrasaient les membrures, déchiraient les bordés, brisaient l'histoire sur le champ de bataille des décisions administratives. Maniant des circulaires comme un garde-champêtre fait rouler la bille de son sifflet derrière un braconnier de garenne, vêtus de leur costume trois pièces, les nouveaux maîtres de l'âme des marins transformaient le poids du passé en poussière. Transformés en déchets ménagers, les corps disloqués de nombreux bateaux avaient rejoint les débris les plus ordinaires de la société de consommation au fond des décharges municipales.

Sarah et Arthur s'étaient assis à une petite table du fond. Les regards s'étaient tournés vers eux à leur arrivée, accompagnés des traditionnels chuchotements « les flics », « la Police », de quelques hochements de tête en vagues signes de salut. Puis chacun s'était désintéressé d'eux.

Dans un groupe revenant d'une pêche aux ormeaux aux îles Glénan, un homme, un peu chaud, clamait :

— J'ai remué des tonnes de cailloux à l'œil. Jamais je n'aurais fait ça pour mon patron, même pour du pognon.

Assis à une autre table un ancien de la Marine, un

ex-plongeur-démineur qui avait également servi à bord des sous-marins, racontait une nouvelle fois sa vie.

— On tournait à la « bannette chaude ». Quatre hommes pour une couchette, chacun son quart de veille. Tu dormais comme tu pouvais, quand tu pouvais.

— C'était souvent comme ça dans la marine.

— Pas comme dans les sous-marins. A chaque fois tu attrapais des morpions. Il fallait les zigouiller au gazole pur. Et pour faire passer l'odeur, quand tu sortais en ville, on te donnait de l'eau de Cologne Sauvage pour te parfumer... Tu parles d'un bordel !

Et ils riaient, ces vieux aventuriers usés par le temps, cassés par les rhumatismes, qui s'asseyaient là pour une heure ou une demi-journée, le regard perdu dans des récits venus d'ailleurs, d'un temps où ils avaient vingt ans, d'un passé noyé dans la banalité du quotidien. Devant un verre de vin rouge, ils évoquaient d'autres univers, ceux d'hivers rudes, d'étés chauds, de printemps majestueux et de pêches miraculeuses. Leurs conversations roulaient autour de retours de campagnes, d'accueils fabuleux, de cales pleines, de captures exceptionnelles. Derrière leurs regards posés, sous leurs sourcils que les écrivains voulaient indéfiniment broussailleux, les vieux marins rêvaient d'autres ailleurs. Ultimes emblèmes d'une civilisation en perdition, ils traversaient le temps sans paraître se soucier du fait qu'ils étaient les derniers représentants d'une histoire, presque d'une civilisation aujourd'hui en déroute. La mine souvent renfrognée, le front caché par une casquette qui appartiendrait demain à la préhistoire, un pas devant l'autre, ils allaient, inéluctablement, rejoindre le cimetière des éléphants. Le temps, les années, avaient déterminé leur destin. Ils n'appartenaient plus à ce siècle.

Alors, dans ces concerts de conversations de bistrot, des rires, des haussements d'épaules, des regards malicieux accueillaient ces histoires tant de fois entendues, ces aventures autour du monde devenues si banales depuis que leur monde avait basculé dans un univers facile. Rien ne les surprenait plus, les vieux, puisque même ce qui leur restait de vie n'avait d'importance.

Abel Quemeneur traînait sa carcasse de géant derrière un comptoir humide des coups d'éponge du début de journée. Les mains dans un torchon à carreaux, il essuyait des verres, par habitude. Dans un coin du bistrot, comme hier, et comme presque tous les jours de l'année, de vieux marins, captifs de leur passé écoutaient passer le temps. Ils étaient aujourd'hui des blocs de mémoires, des bibliothèques granitiques, des hommes aux témoignages exceptionnels, des trésors de l'histoire. Demain ils allaient mourir, disparaître, victimes d'un banal accident cardiaque, d'une maladie bénigne, d'une grippe ou d'un cancer. Le hasard éteindrait leur vie comme on souffle une simple bougie, brièvement, sans prendre en compte leur passé. Alors, quand ils sont là attablés devant un verre de vin rouge, la vie prend un autre sens. Tout change dans le bistrot puisqu'ils sont des rescapés d'une histoire qui devait les broyer. Aux fureurs de la mer ils ont juste opposé leurs mains, leur travail. Ils ne demandaient rien à personne, simplement de gagner leur vie afin de préserver leur famille du besoin. Le temps avait fait tourner la rose des vents et les heures de l'existence. La leur s'accrochait à leurs souvenirs. Ils ne voulaient pas qu'on les dérange.

*

* *

Sur les recommandations d'Abel Quemeneur, Arthur et Sarah s'étaient rendus chez Tanguy, le vieux photographe de la rue des Embruns. Pour un marchand de couleurs, son magasin respirait l'ennui et l'indifférence. Plaqués dans la vitrine étroite, quelques portraits d'enfants, des photos de bambins de celluloïd installés dans un décor de sucreries, souriaient fadement dans un cadre des années soixante. Comme de nombreux photographes nés avant la couleur, Antoine Tanguy avait été dévoré par la technologie. S'il savait encore tirer à « l'encre grasse », un superbe procédé hérité de ses maîtres où la gélatine bichromatée devient insoluble dès qu'elle a été exposée à lumière, il n'avait pas su évoluer. Il rêvait encore qu'il encrait au pinceau « pied de biche » sur la gélatine gonflée, qui acceptait ou refusait l'encre à son gré. Mais, qui se souciait encore de l'« oléotypie » sur papier japon, si familière des praticiens des années trente, et du bromoïl aux solutions de sulfate de cuivre, du bromure de potassium, de l'acide chromique, du papier au charbon… Seuls quelques artistes, des marginaux, plongeaient encore les doigts dans les solutions alambiquées de la chimie argentique.

Précédés par le grelot d'une sonnette aigrelette hors du temps, ils entrèrent dans le magasin, un local qui sentait le vieux décor, l'oubli, le souvenir. Des cadres rococos, des casiers vides, garnissaient des murs fades où quelques publicités anciennes vantaient des produits et du matériel depuis longtemps disparus. Penché sur un comptoir bon pour le musée, Antoine Tanguy triait d'anciennes photographies noir et blanc. Des dizaines de visages anonymes, pour un instant revenus de l'infini, lui souriaient à nouveau.

Tout était désormais si loin, perdu derrière l'épais rideau de l'époque où l'on traitait encore les images en sépia ou en virages à l'argent, ces formules compliquées qui sentaient l'œuf pourri et l'acide. Le vieux photographe savait bien qu'aujourd'hui ses souvenirs sur papier glacé prenaient trop souvent l'allure dramatique de faire-part de décès.

A l'issue de son service militaire dans la Royale, il avait trouvé un travail dans cette boutique en 1949, avant de se marier, banalement, avec la fille du patron. La vie avait passé, simplement, sans heurts et sans malheurs. Une de ces histoires comme on en écrivait alors, inscrite dans un monde logique, équilibré, où l'outrance n'était pas encore un mode de vie mais un dérèglement de la société inconnu ici. On vivait les jours au rythme de leur déroulement, sans oser imaginer tous les brassages de haines qui allaient bientôt dévorer le monde.

Antoine Tanguy avait vécu toutes ces années sans se poser de questions, mais aujourd'hui la vie ne présentait plus d'intérêt. Sa femme était morte trois ans auparavant, d'un cancer à l'utérus, une de ces bêtes immondes, de ces crasses qui dévorent le corps comme un acide ronge les chairs et les met à vif pour les livrer comme un horrible sacrifice aux démons de la pourriture. Impuissant, il avait vu la bête, cette horrible charogne, lui dévorer le corps, lui arracher le cœur et l'âme. Un jour, il lui avait fermé les yeux et désormais il n'était plus rien, sinon le survivant d'une histoire qui n'intéressait personne. Tanguy était un homme simple qui, jusqu'alors, ne s'était jamais posé de grandes questions. Il ne s'en posait guère plus aujourd'hui, mais, seul, dévoré par la détresse, déchiré par la douleur, il avait découvert que la vie était aussi un horrible purgatoire, une machine à détruire les âmes. L'existence devenait alors une mécanique impitoyable d'une extrême simplicité, qui demandait à peine quelques milliardièmes de secondes pour anéantir ce que l'univers mettait des années lumières à créer. Elle réduisait les hommes en poussière, les anéantissait, les transformait en lambeaux, en tas de cendres. C'était comme un doigt posé sur le bouton d'une extraordinaire machine infernale qui, d'une simple pression, détruisait des milliers de vie. Et ce terroriste de l'humanité qu'était le destin, décidait seul de ce redoutable passage, de l'ultime instant qui brisait tant d'existences.

Alors, victime d'un sort dont il n'était pas le maître, Tanguy n'était plus qu'un pantin usé, une vieille représentation un peu comique d'une autre époque, celle où ils étaient deux. L'avenir n'existait plus, puisque le passé l'avait broyé. Tanguy marchait, respirait, survivait, se demandant pourquoi son cœur persistait à battre. Il aurait voulu qu'il s'arrête, et que, sans bruit, discrètement, il prenne lui aussi le chemin de l'éternité. Il ne croyait pas en Dieu, mais il pensait que, là-bas, au-delà des limites que lui imposait la vie, il retrouverait sa femme. Alors, poussé vers cette voie inéluctable, il avait choisi. Il ne pouvait plus, il ne voulait plus avancer. Il était comme ces anciens des armées d'Afrique du XIXe siècle, rentrés de campagnes, qui, souffrant comme des damnés sous le soleil, avançant sur les pistes d'errances des déserts sahariens, racontaient plus tard : « J'étais au bout de la boule… de la boule… C'était dur… Je marchais, je marchais, et au bout y'avait plus rien… rien… que rien… ».

A la mort de sa femme, Antoine Tanguy, avait pensé découvrir ce qu'était ce « rien ». Ni une issue, ni une barrière, ce n'était rien, juste un tremplin pour un autre plongeon dans le vide, une libération indispensable. Sa décision était prise, et il lui restait juste un peu d'ordre à mettre dans ses affaires. La vie allait s'arrêter avec la mort qu'il avait décidé de se donner, même s'il se cherchait encore quelques excuses avant sa fuite définitive. Ces quelques jours qu'il réservait encore à son existence d'inutile n'étaient même pas un testament, pas plus qu'une référence. Juste un besoin d'en finir et d'aller voir ailleurs si « elle » était là.

Comment l'appeler, la faire venir de cet inconnu où elle flottait peut-être. Il la cherchait chaque nuit dans ses insomnies, ces tortures de l'esprit dont on ne sait jamais si elles sont un chemin vers le rêve ou l'autre regard vers la véritable réalité. Des images apparaissaient, insolites, effrayantes parfois, sans origines. Ce n'était pas vraiment des images, mais plutôt des sollicitations du cerveau qui auraient fait penser à une chaîne de télévision pirate, capable de créer une autre existence, celle installée entre le rêve, l'imagination et le sommeil. La fatigue le terrassait aux premières lueurs de l'aube, et il s'endormait alors, son esprit charriant ses douleurs et son histoire. Il n'aurait pu dire à quel moment il perdait pied, mais il se souvenait parfois de fabuleuses retrouvailles. « Elle » était là, vivante, il lui parlait.

Ses nuits étaient si courtes qu'il n'aurait jamais pu dire s'il avait rêvé, mais il était sûr d'avoir vécu ces quelques millisecondes d'un instant de bonheur parfait. Il se réveillait malade, cafardeux, triste, prêt à mourir. Alors qu'il n'avait jamais rien demandé d'autre à la vie que d'être infiniment heureux, il se sentait aujourd'hui sombrer dans les abîmes d'une terrible dépression, dont il n'avait aucune envie de sortir. Par un étonnant phénomène, il voulait, au contraire, plonger plus à fond dans ce monde où il voulait se noyer à jamais. Il n'avait pas encore l'idée des moyens, mais il savait bien que sa vie s'achevait. Il ne pouvait en être autrement, c'était juste une question de mise en forme. Leurs enfants vivaient loin, l'un à Paris, l'autre à Rome, et il ne pouvait rien contre l'élasticité moderne des liens ombilicaux. Alors, en attendant la mort, Antoine Tanguy avait oublié la vie. Ses yeux fatigués clignaient derrière ses grosses lunettes d'écailles brunes, quand ses mains à la peau fine et diaphane, picotée de taches sombres, remuaient les photos anciennes où souriaient les morts, ces visages en noir et blanc dont il aimait tant la compagnie.

Le grelot de la porte d'entrée l'avait troublé. Il y avait si longtemps que personne ne venait plus le voir, lui qui ouvrait un jour de temps en temps ! Il n'avait plus rien à vendre, depuis que d'autres magasins modernes s'était ouverts plusieurs années auparavant. Sa boutique, démodée, n'était plus qu'une arrière-cour des souvenirs.

La venue d'Arthur et Sarah le surprit. Lui aussi avait reçu la visite des policiers les premiers jours du crime et depuis il s'était totalement désintéressé de cette affaire. Ils lui expliquèrent le but de leur visite :

— Nous avons vu vos photos de thoniers au Café du Port.

— Ah !... Ce sont des tirages que j'ai faits il y a bien longtemps, d'après des clichés de mon beau-père de 1930 ou 1940. Je ne sais plus. Ils plaisaient à Abel, je les lui ai donnés.

— Vous en reste-t-il d'autres ?

— Je ne sais pas ! Je les ai trouvés par hasard. Il faudrait que je cherche. C'est tellement vieux.

Il semblait écrasé par le poids de son destin ;

— Et puis ça tombe mal car aujourd'hui, je me plonge dans ma jeunesse. C'est dur, très dur.

Le vieil homme puisa à pleines mains dans un

paquet de clichés aux bords découpés au ciseau à déchiqueter, une technique abandonnée depuis plus de vingt-cinq ans. Comme tous ces photographes de quartiers, bons ou médiocres, Antoine Tanguy était une extraordinaire mémoire historique. Témoin banal du quotidien, il fixait sur les sels d'argent des images que le délire et les sottes exigences de l'information et du public ne poussaient pas encore à la vitesse ou à l'excès. Le noir et blanc imposait alors ses contraintes, celles de la chimie et du travail bien fait. Une photographie était une œuvre d'art, un repère de la vie.

Tanguy faisait encore partie de cette époque où l'on venait en costume chez le photographe, les jours de foire ou de marché. On posait en famille devant des décors de carton-pâte, et la chambre noire emprisonnait à jamais une seconde d'histoire humaine. La pression du doigt sur le déclic figeait les corps, les sourires, les mimiques. Et, ce qui était sans doute le plus extraordinaire, dans ce temps où on s'abandonnait véritablement à l'image pour lui confier ce que l'on avait de plus secret en soi, celle-ci démontrait souvent qu'elle était le véritable miroir de l'âme. Il suffisait de quelques mots, de quelques gestes, de sourires ou de grimaces suivis d'un abandon total devant quelques lentilles de verre, pour que rien ne soit plus comme avant, puisque la photo était là. Elle était une autre naissance car elle permettait aux hommes de découvrir qui ils étaient. Tanguy n'avait pourtant jamais eu cette conscience de son immense rôle dans la société. Tout au plus se considérait-il comme un honnête photographe, satisfait quand ses clients étaient contents.

Il soupira, sachant qu'il avait définitivement claqué derrière lui la porte de son destin :

— Tout cela est si vieux. J'en ai vu des mariages, des communions, des fêtes folkloriques et des matches de football. On a eu des équipes superbes, des joueurs extraordinaires.

Brassant ses vieilles photos, unique survivant d'un gangstérisme ludique qui le transformait en voyeur immergé au cœur de ses souvenirs, Tanguy était déjà mort. Il ne vivait plus que de noms oubliés, d'événements sans intérêt pour l'avenir du monde.

— C'est notre équipe de foot en 58... On a tout gagné cette année-là. Quels footballeurs ! Et celui-là, un dribbler exceptionnel.

Les clichés défilaient, d'hommes en bérets, en casquettes de marins, de footballeurs en shorts noirs et maillots rayés, de femmes en robes printanières.

— Elles sont en noir et blanc, mais nos couleurs étaient jaune et rouge.

Sarah et Arthur l'écoutaient égrener ses souvenirs. Si Arthur avait pu être le fils spirituel de Tanguy, il y avait un abîme entre le vieil homme et le règne de l'image numérique ou virtuelle de la génération de

Sarah.

Comme toutes les vieilles photos, celles-ci possédaient une valeur inestimable. Grâce à elles la fin du monde n'arriverait jamais, puisque les images pouvaient survivre à l'éternité. Sous la peau fragile de ses doigts maigres, les clichés de Tanguy racontaient des vies entières.

— Regardez celui-ci. Lui, c'était le capitaine de notre équipe. Quel champion ! Il aurait fait un excellent professionnel, mais à l'époque... Enfin, bon, je ne vais pas vous ennuyer avec toutes mes histoires. Et puis il faut que je parte, c'est l'heure de mon rendez-vous avec ma femme, au cimetière... Elle m'attend. Je vais la voir tous les jours à cette heure-ci.

— Nous comprenons.

— Revenez dans deux ou trois jours. Je regarderais dans le grenier pour les photos.

— Merci.

VII

La nouvelle était tombée le jour précédent : « On a retrouvé Alexis Brézéhan ! ».

Ou plutôt, se cachant dans une auberge près de la frontière, le fugitif s'était-il rendu dans un commissariat après avoir renoncé à gagner l'Espagne.

Que lui reprochait-on ? Rien, en vérité, sinon ces empreintes relevées dans le couloir et le bureau du mareyeur. Une curiosité qui méritait, sans nul doute, quelques explications.

Sarah découvrit un homme qui ne ressemblait pas à l'idée qu'elle s'en faisait. Bien que corpulent et sanguin, Brézéhan donnait l'impression d'une personne calme, pondérée. Derrière son regard aux yeux gris clairs, sous son sourire un peu triste, on pouvait déceler les traces de marques indélébiles de la vie. Sarah apprit qu'il avait, quelques mois auparavant, volontairement subi une cure de désintoxication. Elle l'entendit alors, avec calme, lui conter un étonnant récit :

— Je savais qu'on retrouverait mes empreintes chez Norbert Le Gall. Mais il était déjà mort quand je suis entré dans son bureau. J'ai eu peur et je me suis enfui.

— Que faisiez-vous là ce soir-là ?

Posément, Alexis Brézéhan répondit :

— Je voulais le rencontrer.

— Pourquoi ?

— Cela va vous paraître idiot mais je n'avais pas accepté sa relation avec ma... enfin avec Sylvie, mon ex-femme. J'ai beaucoup bu durant de nombreuses années et j'ai suffisamment gâché ma vie et la sienne. Alors tout cela était terminé. Je voulais prendre un nouveau départ. A la fin de ma cure je me suis promis d'aller voir Le Gall pour lui dire tout ce que je regrettais et pour lui souhaiter d'être heureux avec Sylvie. Et puis je voulais revoir ma fille... tenter d'avoir des relations normales avec elle et Sylvie.

L'explication pouvait en valoir d'autres.

— Quelqu'un était au courant de votre démarche ?

Brézéhan hésita :

— Non. Je suis venu quatre fois auparavant, mais, à chaque fois, j'ai manqué de courage. Je savais qu'il restait très tard dans son bureau. J'ai attendu sur le parking du port sans parvenir à me décider. L'avant dernière fois j'étais vraiment prêt, mais j'ai vu partir sa voiture avant que je n'ai le temps de sortir de la mienne.

— A quelle heure êtes-vous arrivé, le jour du crime ?

— Dix-neuf heures quinze environ. Je me souviens parfaitement avoir écouté les informations à la radio.

— Que s'est-il passé ensuite ?

— Comme à chaque fois avant, j'ai vu sortir deux personnes. Habituellement elles étaient ensemble. Ce soir-là ça a été une femme d'abord, et quelques minutes plus tard un homme. La femme a eu l'air de tourner un peu en rond avant de trouver sa voiture. L'homme est parti à pied vers le port.

— Ensuite ?

Il se troubla un peu :

— Je n'ai pas voulu y aller tout de suite. Je suis allé marcher sur la plage.

— Combien de temps ?

— Une demi-heure, trois quarts d'heure... Je ne sais plus. Il faisait mauvais temps mais la pluie avait cessé. Je suis revenu plus tard.

— Et après ?

Il hésita :

— Je suis d'abord allé derrière l'usine, où je savais qu'il garait sa voiture. Elle était toujours là. Je suis revenu. La porte était ouverte, je suis monté.

— La lumière était-elle allumée ?

— Non. Mais il y avait une minuterie à l'entrée. Je savais que Le Gall était là, dans son bureau, en haut.

— Que s'est-il passé ensuite ?

Brézéhan eut le geste fataliste de celui qui pense que, quoi qu'il dise, on ne le croira pas et que le destin n'est qu'une suite de mauvais hasards :

— J'ai allumé, je suis monté. Le couloir de l'étage aussi était éteint, mais au fond il y avait cette porte ouverte. Tout était silencieux. Je me souviens avoir toussé pour annoncer ma présence. Je n'ai pas eu de réponse, je me suis avancé… Je voyais une forme assise au bureau. C'est idiot, mais j'ai cru qu'il avait eu un malaise. J'ai allumé. Vous connaissez la suite…

Il expliqua sa frayeur en découvrant le cadavre du mareyeur, et les soupçons qui ne manqueraient pas de se poser sur lui. Alors, maladroitement, Brézéhan avait tenté d'effacer ses empreintes, les traces de sable laissées par ses chaussures :

— C'est après que j'ai pensé que c'était impossible, que j'avais dû en laisser partout. J'ai paniqué. Je me suis dit que je pouvais aller en Espagne que je connaissais bien… et voilà le résultat…

*

*   *

Sarah avait voulu revoir Amélie. La rencontre avec Alexis Brézéhan l'avait laissée dubitative. Etait-il aussi innocent qu'il voulait bien l'affirmer ? Rien ne permettait de le dire. Ses déclarations, si elles expliquaient la présence de ses empreintes, ne démontraient en rien qu'il n'ait pas été coupable. Ni si, effectivement, son forfait avec préméditation achevé, il avait purement et simplement décidé de disparaître en Espagne ou ailleurs. Mais alors, pourquoi aurait-il décidé de se rendre ? Remords, tentative désespérée pour brouiller les pistes... ou innocence réelle. Il était encore trop tôt pour le dire. Par ailleurs, Sarah avait ressenti une impression bizarre auprès d'Amélie. Elle ne savait trop pourquoi, mais il lui semblait que l'hôtelière lui cachait quelque chose. La jeune femme avait déjà connu cela au cours d'autres enquêtes, à l'occasion d'entretiens qui laissaient en suspens d'étranges impressions, des doutes, des questions, des perceptions difficiles à définir.

En arrivant ce matin-là, Sarah croisa sur le parking un couple qu'elle avait déjà entrevu à l'Hôtel de Bretagne. Tous deux semblaient être à l'heure des adieux. La fille était blottie contre l'homme, les doigts accrochés aux revers de son blouson, le front collé contre sa poitrine. Elle pensa qu'elle pleurait. L'étreinte dura quelques secondes encore, puis la femme se détacha et courut vers une voiture garée sur le parking de l'hôtel. Hésitant, le moteur crachotta quelques projections d'essence, l'embrayage grinça tragiquement, puis le véhicule remonta rapidement la rue du port et disparut. L'homme erra quelques instants, apparemment désemparé. Il se décida soudain et rejoignit une BMW noire dont les fumées de démarrage se mêlèrent bientôt à celles de la voiture de la jeune femme, achevant leur brève union dans des odeurs âcres d'hydrocarbures. Il ne restait donc rien de cette histoire, sinon quelques vapeurs de fuel brûlé, dernier épisode d'une fin d'amour sur un parking désert.

Sarah poussa la porte de l'hôtel. Amélie se tenait derrière la baie vitrée, le visage défait malgré tout le soin qu'elle avait apporté à son maquillage. Sarah comprit qu'elle avait peu dormi. Elle tirait déjà sur une élégante cigarette menthol à l'odeur écœurante de peinture synthétique. Le filtre coincé entre les dents, le regard terne et abattu sous le fard, ses yeux s'écarquillaient instinctivement. L'éclat d'une lampe la défigura. A cette heure là, Amélie ressemblait à un vieil oiseau mouillé, fatigué, au regard effrayé et inquiet. Les liftings successifs n'avaient pas su masquer l'affaissement des paupières, les plis au-dessus des lèvres, les multiples crevasses que le maquillage ne suffisait plus à cacher. Tel le Scialytique éclairant le travail du chirurgien, la lumière de l'halogène lui mettait le visage à nu. Sans la moindre pudeur, la lumière l'accusait d'être vieille.

Evoquant le couple qui venait de se briser, Amélie soupira :

— Vous les avez vus. Ils étaient là depuis deux ou

trois jours. J'ai l'habitude ici. Demain, après-demain, il y en aura d'autres... C'est la vie.

Elle invita Sarah à l'accompagner dans son bureau. Elles demeurèrent un moment silencieuses. Sarah était trop psychologue et trop réaliste pour ne pas comprendre qu'Amélie souffrait de sa déchéance, se vêtant chaque jour d'une peau qu'elle n'aimait plus. Elle pensa à Arthur qui, lui, en véritable philosophe, livrait sans soucis son corps arrondi à la logique réalité d'une esthétique discutable.

— Avez-vous connu la femme de Le Gall ? demanda Sarah.

La question sembla agacer Amélie.

— Connu... Non, pas vraiment. Elle était malade, dépressive, on ne la voyait jamais. Norbert n'était pas heureux avec elle.

Le poids du monde semblait soudain peser sur ses épaules.

— Vous savez, un homme comme Norbert est... était quelqu'un de difficile à vivre sans doute, mais aussi un homme exceptionnel.

Sarah la sentait, nerveuse, tendue.

— Il avait bien réussi dans les affaires, c'est incontestable, se contenta-t-elle d'approuver.

Amélie poursuivit :

— Sa vie familiale n'allait pas fort. Ils s'étaient mariés très jeunes, je crois que ça n'avait jamais marché entre eux. Sa femme avait des problèmes psychiques importants. Pauvre Norbert, il se sera vraiment trompé jusqu'au bout sur les femmes !

— Pourquoi dites-vous cela ?

Alors que rien ne le laissait prévoir, Amélie éclata une nouvelle fois en sanglots. La tête entre les mains elle pleura sans retenue durant de longues minutes. L'intimité du bureau offrait à Sarah seule l'image de ce désespoir.

— Norbert... Norbert... Pourquoi ?... répétait Amélie.

Quand elle parvint à se contrôler, Amélie leva vers la jeune femme un regard noyé de chagrin. Les larmes poissaient son maquillage. Ses yeux rougis reflétaient un profond abattement, une désespérance, une détresse infinie.

— Pardonnez-moi, c'est... trop difficile. Je ne peux pas m'y faire... Nous étions si... bredouilla-t-elle.

Sarah commençait à comprendre.

— Vous êtes une femme... Norbert et moi... renifla Amélie.

Elle parvint enfin à retenir ses larmes, avant de demeurer un très long moment silencieuse, le regard vide, semblant même ne plus voir Sarah. Elle se leva :

— Je... reviens... bredouilla-t-elle.

Sarah l'attendit quelques minutes. Quand elle revint, Amélie avait le visage défait, les yeux tristes.

Quelques tamponnages de maquillage n'avaient pas suffi à effacer les traces du chagrin qui ruinait son âme.

— Je… vous prie de m'excuser, parvint-elle à dire enfin, la voix tremblante.

En quelques phrases hachées, elle confia à Sarah que Le Gall et elle avaient eu, longtemps auparavant, des relations intimes.

— Cela ne regarde personne… et personne ne l'a jamais su. Mais il est mort, aujourd'hui vous êtes là… Il fallait que je le dise à quelqu'un…

Le vent s'était brutalement levé, chassant le crachin. L'averse, maintenant, roulait sur les panneaux de la véranda. De longues rafales de vent brassaient brutalement le jour gris. Déchirée de peine, Amélie se confia :

— Norbert était jeune, il avait besoin d'un coup de main, alors… Je n'avais personne, il était un peu perdu, je pouvais l'aider… Sa femme… ça ne marchait pas, elle était tout le temps en dépression… Ça s'est fait comme ça, un soir, sans y penser.

Sarah avait vite compris :

— Vous lui avez prêté de l'argent ?

— Oui. Norbert ne possédait rien. Sa femme et lui avaient un contrat de mariage… Le couple était à la dérive, dès le début.

Amélie observa quelques instants de silence, avant de poursuivre sous cette forme :

— Vingt… unités, qu'il m'a remboursés dans les trois ans. C'était une grosse somme à l'époque… Il voulait monter une chambre froide, acheter un camion… Voilà… C'est tout…

— Ça remonte à quand ?

— Il y a longtemps.

Les yeux d'Amélie brillaient et son regard fixait un horizon imaginaire derrière la baie vitrée couverte de pluie.

— Si longtemps !

Sarah effectua un rapide calcul. Amélie dépassait alors la quarantaine, Norbert Le Gall, né en 1942, avait alors 23 ou 24 ans. L'arithmétique pourtant n'expliquait pas tout. Les sentiments d'Amélie, tant d'années après, paraissaient sincères. Quant à ceux de Norbert…

A son enterrement, Amélie s'était jurée de ne pas verser de larmes. Malgré le chagrin qui dévorait les derniers bons souvenirs de son existence, Amélie voulait laisser les autres à leurs lamentations de pleureuses, persuadée que personne, jamais, ne connaîssait Norbert aussi bien qu'elle. Jusqu'à la fin de ses jours pourtant, elle ne pourrait oublier les regards victorieux de Francine le jour des obsèques. L'image lui resterait à jamais en mémoire.

Ce jour-là, vêtue d'un tailleur bleu clair aux allures printanières, elle n'était qu'une louve aux babines retroussées, et l'on s'étonnait de ne pas la voir avec des oreilles pointues. Elle n'était plus qu'une femelle carnassière, fière d'on ne sait quelle vengeance. Ses petits yeux noirs, incapables de verser une larme sur l'homme qu'elle détestait, exhalaient sa joie :

— On l'a tué, le fumier. Bravo.

Alors qu'Amélie connaissait une souffrance infinie, Francine aurait voulu éclater de rire. Là-bas, enfermée à jamais dans la chambre d'une maison de repos, Marianne, sa sœur, se diluait chaque jour un peu plus dans l'oubli. Elle ne savait même plus qu'un jour elle avait eu un mari, si volage soit-il. Le mariage, la déprime, la mort, l'enterrement, n'existaient pas dans le monde où se consumait lentement l'ombre qu'elle était devenue.

Quand elle avait jeté la traditionnelle poignée de terre sur le cercueil, Amélie aurait voulu rejoindre Norbert.

Francine, hautaine, s'était approchée de la sépulture. Un court instant, l'assistance s'était demandée s'il elle allait lui cracher dessus. Mais elle avait tourné les talons et quitté le cimetière en bredouillant on ne sait quelle malédiction, laissant son mari et les autres refouler leur chagrin autour de la tombe ouverte.

Une nouvelle grosse larme tomba sur le bout de la cigarette qu'Amélie allumait.

— Je l'aimais tellement... Vous ne pouvez pas comprendre...

Sarah hocha la tête. Le chagrin d'Amélie la touchait profondément.

— Je crois que si.

Le souvenir de Norbert, cet homme qu'elle aimait tant et pour lequel elle se demandait toujours si elle avait réellement compté, la hantait. Elle découvrait qu'en réalité malgré toutes ces années de séparation et la souffrance qui en résultait, de voir Norbert, d'échanger quelques mots avec lui lors des nombreux déjeuners avec des clients à son hôtel, suffisaient à lui assurer un certain équilibre, une petite forme de bonheur, fragile mais réel. Ainsi Norbert lui appartenait encore, d'une certaine façon, durant les quelques heures fugaces d'un banal repas au restaurant où elle pouvait lui sourire, lui parler, lui poser négligemment la main sur l'épaule et exercer une légère pression des doigts... Alors, le monde changeait de dimension, et elle possédait Norbert.

Le Gall vivant, elle pouvait encore se nourrir d'illusions, penser qu'elle était réellement pour quelque chose dans sa carrière. Il était une des images de son pouvoir éteint. Alors, Norbert disparu, l'évocation même de son souvenir lui brûlait les sens.

Sarah avait le « blues » quand elle la quitta. La détresse des autres la touchait toujours profondément. Elle avait tout raconté à Arthur qui, les paupières battues, les yeux brillants, émergeait d'une masse impressionnante de dossiers. Il venait de voir leur patron, puis avait eu le juge au téléphone. Cette enquête qui piétinait n'était pas faite pour calmer les esprits.

VIII

Sarah avait mal dormi. Un énorme puzzle lui avait servi de couche, où l'anarchie des images se mêlait à la déraison de leur irréalité : un cheval noir, à longue crinière luisante, passait au galop dans un ciel vierge de couleurs. Des fleuves de feuilles mortes jaillissaient de geysers ouverts sur des brèches ouvertes dans des écorces d'arbres d'or. La nuit était une étonnante réunion de cris, de feulements, de notes d'harmonica, de solo de flûte. Dix fois, vingt fois elle s'était retournée sur son lit, le front couvert de sueur. Sans qu'elle s'en souvienne vraiment, elle avait eu peur. Une immense terreur nocturne s'était emparée de son esprit, et dans ses songes elle avait hurlé :

— Maman !

Il lui restait en mémoire des images épaisses, des raclures de teintes lourdes, des formes aux gestes lents, malhabiles. Les séquences de sa lutte avec la nuit laissaient des taches dans l'esprit, des poids de plomb colorés de pastels âcres. Elle se réveillait la tête lourde.

Deux heures plus tard pourtant, arrivant sur le port après avoir déposé Arthur à la Smob, elle se sentit possédée par une énergie nouvelle.

La tempête se levait. Dehors tout était si beau, si étonnamment grandiose qu'elle cessa brusquement de penser. La dépression crachait cinquante nœuds de furie océane sur la baie. Un superbe coup de tabac ravageait l'Atlantique en puissantes rafales, hordes de chiens hallucinés par les magies de l'écume, tonnerre des abîmes, montagnes vivantes nées d'une étonnante et magnifique génération spontanée libérée par l'univers déboussolé.

Le goulet s'était transformé en un gigantesque poumon, une forge infernale aspirant les rafales, les recrachant en hurlant, jets de braise nés de monstres aux bouches grimaçantes, de gorgones accrochées à des gencives taillées dans le roc. Le ciel du matin était lourd, gris plombé de nuages aux allures mauvaises de Quasimodos fugaces que des scalpels de chirurgiens fous défiguraient à merci. Ils allaient et venaient en bandes informes, fumées d'acier noir, volutes grises volées au granite, vapeurs de sable, mélanges de puissance et de pouvoir maléfique. La mer fumait, tranchée à vif par les sabres invisibles qui frappaient sa peau. Elle s'ouvrait puis se refermait en longues plaies blanches aux lèvres ourlées de bulles, comme autant de cicatrices froides cousues sur des blessures bouillonnantes.

— C'est superbe ! dit tout haut Sarah, se promettant, dès que la lumière le permettrait, de « taper » une série de clichés du bout de la jetée. Il était neuf heures trente environ, et elle devait revoir Ambroise Guirriec vers dix heures. En descendant la rue en voiture tout à l'heure, Arthur et elle avait vu Tanguy sous la lumière électrique de son magasin vide, penché sur son comptoir.

— Si tu as quelques instants va voir s'il a retrouvé ses tirages… » avait suggéré Arthur avant de descendre de la voiture.

— OK. Je te dépose et je passe le voir.

Sarah avait remonté à pied la centaine de mètres qui conduisait au magasin. Le vieux photographe ne parvenait plus à lever les yeux de ses souvenirs. Jamais, s'était-il dit depuis, il n'aurait dû plonger dans cette immense illusion qu'était son passé.

Il brassa un paquet de photos, ces images mortes dont chaque visage était une voix, une histoire, une vie dont il connaissait presque chaque détail. Dans son livre d'images on ne vivait plus. Seuls subsistaient des sourires et des souvenirs.

Il savait qu'il haïssait l'écoulement du temps, le défilement des heures qui peuplaient son existence, anéantissait son âme dans les si longues nuits d'insomnie. Que pouvait-il encore espérer de demain, de la seconde qui venait, de cet avenir qui s'était éteint le jour où Hélène était morte. Les moments se succédaient, identiques, vides de sens, inutiles. Le grelot de la porte tinta, il leva les yeux et reconnut Sarah :

— Ah, c'est vous ! J'avais pensé démonter la sonnette. Elle ne sert plus à rien.

Sarah lui tendit la main :

— Comme cela vous avez su que j'arrivais.

— Oui, mais tout ça c'est terminé… Je ferme. J'ai trouvé vos vieilles photos. Je vais vous les donner.

— Votre prix sera le nôtre.

— Je ne vends plus rien, mademoiselle. Je vous les offre. L'argent n'a plus d'importance aujourd'hui. Et pour le reste…

Sa main avait étalé les clichés comme un joueur professionnel déploie artistiquement l'éventail d'un banal jeu de poker.

— Et voilà, dit le vieil homme, toute ma vie est là dedans. Ça ne tient à pas grand chose un bonhomme, vous savez. Des photos, des types qui n'existent plus, des images qui bougent dans notre tête… Ce n'est pas très sérieux toute cela.

Il se passa la main sur le visage, l'air las et désabusé.

— Si encore j'étais seul dans l'affaire, mais, regardez-moi tous ces jeunes gars, ces filles de vingt, trente ans, ils étaient beaux n'est-ce pas ? Savez-vous ce qu'il en reste aujourd'hui ? Ceux qui vivent encore sont arthritiques, cardiaques ou cancéreux.

Quant aux autres. Ils ne sont plus rien, rien du tout. Des débris ou de la poussière.

Le vieil homme balbutia :

— Je suis fatigué... C'est l'heure de la retraite... de la fin...

— Je comprends ce que vous ressentez.

— Vous êtes gentille, mais ça ne changera rien.

Une fois encore, porté par un ultime besoin de retrouver ses illusions, Tanguy avait posé plusieurs photos devant lui.

— Fichu, c'est fichu.

Un sanglot lui monta dans la gorge et Sarah crut qu'il allait se mettre à pleurer.

— Regardez ça. Quarante ans d'une vie ! Une bricole... mais tellement de bonheur !

De banales équipes de football souriaient à l'objectif, définitivement figées autour de dates écrites à la craie sur de vieilles ardoises d'écoliers : 1958, 1960, 1961...1970...

— La meilleure équipe de la région et nous étions tous de véritables supporters. Pas comme ces fous qu'on voit aujourd'hui à la télévision.

La galerie de portraits n'était qu'une longue suite de visages inconnus, anonymes, de gens endimanchés, de sportifs vêtus de longs shorts et de tricots sans publicité.

Les doigts de Sarah glissaient machinalement sur une série de gros plans. Elle sursauta :

— Mais… je connais celui-là, s'exclama-t-elle. Il a vieilli bien sûr, mais je l'ai rencontré il y a peu de temps.

Le photographe hocha tristement la tête :

— Vous devez vous tromper, ou alors vous auriez croisé un fantôme. Vous confondez avec quelqu'un qui lui ressemble. Je le connaissais très bien. Il est mort il y a bien longtemps.

Sarah fit la moue. Malgré sa jeunesse, l'image et elle étaient de vieux complices, des amis de route, des compagnons d'armes et de voyage. Elle la fréquentait depuis son adolescence, depuis ses premiers clubs photos de lycée. La mémoire lui revint en un éclair.

— Ça y est, je m'en souviens, il habitait La Rochelle. Vous avez raison, il est décédé d'un cancer il y a deux ou trois ans.

Tanguy lui jeta un regard vide :

— Il habitait effectivement à La Rochelle, mais il n'est pas mort de maladie. Il était tombé dans la débine et voilà plus de trente ans et…

— Voilà, ça me revient ! Je l'ai vu sur une très vieille photo chez Le Flohic, il était militaire en Algérie… C'était son meilleur ami et il avait été le parrain d'un de ses enfants. Il s'appelle… René…

Le photographe sursauta.

— Il s'appelait René Cadiou, et il avait effectivement fait la guerre d'Algérie, mais Le Flohic ne le connaissait pas. René n'a jamais été marié et il n'a pas eu d'enfants. En rentrant d'AFN ce garçon-là a embarqué sur un chalutier de La Rochelle à cause d'un chagrin d'amour.

— Et ?

— Il s'est suicidé un an plus tard en se jetant dans le port. René sortait avec une fille et il pensait qu'elle l'avait attendu. Mais elle s'était mariée quelques jours avant qu'il ne rentre d'Afrique du Nord…

Sarah fut soudain prise d'un vertige.

— Comment s'appelait-elle ? Qui a-t-elle épousé ?

— Mais… Marianne Le Tanter, la femme de Norbert Le Gall qui… mais… que…

Une angoisse folle lui broya la gorge et Sarah murmura douloureusement :

— C'était donc ça… !

IX

Arthur et Sarah avaient traversé le bâtiment sur toute sa longueur avant d'atteindre un vaste atelier de mareyage. Dans un hangar glacial, devant de longues tables d'inox et de polypropylène, des équipes d'hommes et de femmes en bottes, en blouses blanches et tabliers de caoutchouc, s'affairaient. Avec une précision de chirurgiens, ils débitaient, en gestes mécaniques, des flots de poissons portés par des chaînes électriques. Les lames, tranchantes comme des rasoirs, fendaient les ventres, détachaient les arêtes. Les couteaux glissaient dans la chair blanche, sectionnaient les viscères, grattaient les péritoines brillants, arrachaient les branchies rougies de sang clair.

On « tirait » la roussette, le chien de mer, ce squale à la peau râpeuse, lui pelant le corps d'un coup sec, écorchant la chair ferme, brillante parcourue de vaisseaux de sang noir comme ceux d'un lapin, sentant l'ammoniaque et le poisson cru. Plus loin, des cadavres flasques de raies s'écrasaient sur les tables, perdant, comme une semence inutile leur mucus laiteux et blanchâtre. Une longue incision, une autre encore, et le couteau fouillait sous l'enveloppe glissante de la peau rêche. On coupait les « ailes », les détachant du losange hideux de la tête, ce squelette dérisoire accroché à la longue épine dorsale semblable à un « allien » de la préhistoire. Les gueules horribles des baudroies, les lottes, exhibaient des rangées de dents effilées capables d'entailler les gants les plus solides. Leurs épaisses dépouilles effrayantes ouvraient des yeux globuleux et ternes sur la dernière seconde de leur vie. Des jets d'eau giclaient dans les cavités abdominales, lavant les ventres de leurs dernières traces de tripaille. Une lame glissait parfois, et l'acier allait alors chercher la main sous le gant de caoutchouc, entamant profondément la chair, blessant les doigts, tranchant cruellement les tendons ou les nerfs.

Sarah et Arthur aperçurent immédiatement François Le Flohic, posté dans son bureau en surplomb des ateliers. Ils gravirent quelques marches d'un escalier de métal et entrèrent dans la pièce.

Sans autre commentaire, Sarah tendit à Le Flohic la photo prise chez Tanguy. Il fixa un instant le cliché. Puis, le prenant entre les mains, et, sans paraître autrement surpris, sourit tristement :

— Mais c'est René ! C'est vrai qu'il jouait au foot ! Comment l'avez-vous eue ?

— Le hasard tout bête. Une photo parmi des dizaines d'autres, chez Tanguy, le vieux photographe... Pourquoi avez-vous fait ça ? C'est à cause de Marianne, son ancienne fiancée ?

Le Flohic sembla vieillir de mille ans.

— Hélas oui. René était comme mon frère, et malheureusement Norbert aussi. Vous ne pouvez imaginer comme j'ai eu mal durant toutes ces années, mais il fallait, comprenez-vous, il fallait venger René. Mais c'est fini.

— Oui c'est fini. Vous allez devoir nous suivre maintenant, fit Sarah.

Le Flohic jeta un regard autour de lui. Il haussa les épaules, ferma machinalement un dossier.

— Ça va être dur de laisser tout ça.

— Il n'y a pourtant aucune autre solution.

— C'est peut-être mieux. J'étais décidé à tout expliquer. Il fallait que je le fasse. Je pouvais me détruire, mais ça aurait été trop déshonorant de ma part.

Le Flohic soupira et dit :

— Ce n'est plus la peine de traîner maintenant. C'est le moment ?

— Oui.

— Vous allez me mettre des menottes ?

— Normalement oui. Ça dépend de vous.

— Il vaut mieux que non. Les gens pourraient penser que...

Il s'interrompit et poursuivit :

— Si vous pouviez, je préfère que non. Vous avez ma parole d'honneur que... et, de toute façon...

— Il est temps d'y aller, monsieur Le Flohic, coupa sèchement Sarah.

— Oui, bien sûr. Il est temps.

Il ôta sa blouse blanche et revêtit son blouson accroché à une patère. Puis il se redressa, serrant les dents, retrouvant pour un temps cette allure martiale qui le caractérisait et dit fermement :

— Je suis prêt.

Ils sortirent :

— A chacun son tour de payer, grogna-t-il alors qu'Arthur fermait soigneusement la porte derrière lui.

Marchant entre les deux policiers, cachant ses poings serrés au fond des poches, la démarche raide, Le Flohic longea les chaînes d'emballage.

Des regards interrogateurs les suivirent.

— Vous croyez qu'on va vous payer à ne rien faire. Au boulot ! lança Le Flohic, rageur.

Il regarda une dernière fois en arrière.

— Je ne reviendrai plus jamais ici... Maintenant qu'ils n'auront plus ni Norbert, ni Anne-Marie, ni moi, ça risque d'être le cirque. Je me demande ce que ça va devenir.

Puis dans un souffle que seule Sarah entendit :

— Adieu Norbert, adieu René.... Mes vieux copains !

*

* *

Toute cette affaire était si banale et si tragique à la fois ! C'était l'histoire d'une vengeance terrible, implacable, déchirante, incompréhensible, celle de François Le Flohic recherchant son compagnon d'Algérie, perdu de vue depuis plus de trente ans. Si chacun avait vécu sa vie, Le Flohic croyait qu'avec cette illusoire machine à remonter le temps que sont les souvenirs, il aurait suffi de parler, d'évoquer d'autres temps, pour conjurer les mauvais hasards de l'existence. De rapides recherches, quelques coups de téléphone à la mairie, une enquête sommaire, lui avaient appris la nouvelle de la détresse de son ami. Il avait alors juré de se venger, mais, par on sait quel inexplicable hasard il s'était fortement lié avec Norbert Le Gall, et cette amitié s'était transformée en un long chemin de croix. Mais il voulait respecter son serment : venger René. De reculs en déchirements, se traitant de lâche, mais aussi de salaud, il avait un jour décidé d'agir. Enfin, après des années d'hésitation, il y a quelques mois, François Le Flohic avait caché l'arme, un fusil à pompe dont il avait scié la crosse et le canon, dans un sac enfermé à double tour dans son bureau, une pièce où nul étranger ne pénétrait jamais. Et puis il avait patiemment attendu, guettant et redoutant à la fois le moment où, face à

Norbert, il le mettrait à mort. Ce soir de mauvais temps où Anne-Marie Le Goff était partie en avance, Le Flohic avait su qu'il devait agir pour respecter son serment. Le reste s'était déroulé très vite. En quelques secondes il avait chargé l'arme. Montant rapidement à l'étage, comme chaque soir, il avait silencieusement parcouru les quelques mètres qui le séparaient du bureau de Le Gall. La musique glissait dans le silence des couloirs et des bureaux vides. Le Flohic s'était présenté dans l'embrasure de la porte ouverte. Le Gall était penché sur un dossier.

— Norbert ? avait-il appelé.

Le mareyeur avait sursauté. Le Flohic était à deux mètres de lui.

— Ah, c'est toi François, j'allais partir. Mais…

Son ami braquait déjà son arme.

— Tu ne peux pas comprendre.

Et Le Flohic avait appuyé sur la détente.

*

* *

Il était environ vingt-deux heures. Sarah et Arthur étaient longtemps resté assis sur un banc du port de plaisance, face au *Notre Dame de l'Espoir*. Il y avait deux jours déjà que l'affaire était finie. Tout à l'heure, le regard dans le vague, alors que le ciel s'était étonnamment éclairci, ils avaient longtemps observé les étoiles, comme autant d'escarbilles crachées par une cheminée ouverte sur les secrets de l'infini.

Ce soir-là les eaux du port roulaient un violent courant de grande marée. Masquant les étoiles, un épais brouillard se leva en quelques minutes, couvrant les feux du chenal, transformant les éclats rouges du phare en halos hésitants noyés dans une épaisse purée de pois. Un étrange silence s'était emparé de la nuit. Les lampadaires du port diffusaient leurs lueurs oranges semblables à des chandelles mortuaires installées autour d'un sinistre catafalque marin.

Malheur alors aux navigateurs perdus. La mer n'était plus que ce désert infini, ce cosmos sans repères, ce vide étonnant où les sons et les lumières se transformaient en brumes, et puis, sans que l'on sache pourquoi, disparaissaient. Il n'en restait jamais rien. Alors, les hommes, les survivants de cet inconnu, égarés, éperdus de souffrances, tentaient de trouver une réponse à la grande interrogation qui les submergeait : où allaient-ils ? Ils cherchaient, mais ne trouvaient jamais. Il n'y avait pas de réponse, puisque la question elle-même n'existait pas. Elle n'était qu'un effet du hasard, du mauvais sort, de la vie.

Le Gall était donc mort pour une histoire d'amours bafouées. Ce qu'il ne saurait jamais, c'est que le jour suivant l'arrestation de François Le Flohic, un autre drame s'était produit, et dont l'annonce avait bouleversé la région :

— Sylvie Le Dantec s'est suicidée après avoir tué sa fille.

*

*   *

Arthur se leva lentement et s'approcha du quai. Sarah le suivit. Elle avait pleuré et une douleur infinie la torturait. En quelques heures, en quelques jours à peine un petit univers de calme et de quiétude avait basculé dans un fatras de haine, de vengeances, d'amours mortes, de passions détruites, de tristesses et de détresses mêlées. Une étrange mécanique, aux rouages incontrôlables avait défiguré la vie comme un jet de vitriol ravage à jamais un visage. Sarah vînt se serrer contre Arthur. Tous deux jetèrent à l'eau deux belles roses rouges achetées chez la fleuriste des Ajoncs d'Or, des fleurs saignantes que les tourbillons du jusant emportèrent aussitôt.

Du silence ouaté, de la lourde brume qui étouffait le port et masquait la baie, montèrent un grincement de poulie et une manœuvre de gouvernail rouillé. Un sinistre bruit de drisses monta dans la nuit.

Sarah et Arthur frissonnèrent, et, sans se retourner, remontèrent vers la rue du Port.

Bremoguer, Septembre 2000.

Quadri Signe - Editions Alain Bargain
125, Vieille Route de Rosporden - 29000 Quimper
E-mail : editions.alain.bargain@wanadoo.fr
Site Internet : perso.wanadoo.fr/editions.bargain

Dépôt légal n° 1 - 4e trimestre 2000
5e tirage - Dépôt légal n° 12 - 2e trimestre 2005
ISBN 2-910373-87-8 — ISSN 1281-7813
N° Impression 506030
Imprimé en France